2019年度

郑大故事

THE STORY OF ZHENGZHOU UNIVERSITY 2019

本书编委会　编

郑州大学出版社
郑　州

图书在版编目(CIP)数据

郑大故事. 2019 年度/《郑大故事》编委会编. —郑州:郑州大学出版社,2020. 6
ISBN 978-7-5645-7021-7

Ⅰ. ①郑…　Ⅱ. ①郑…　Ⅲ. ①新闻报道-作品集-中国-当代　Ⅳ. ①I253

中国版本图书馆 CIP 数据核字(2020)第 090110 号

郑州大学出版社出版发行
郑州市大学路 40 号　　邮政编码:450052
出版人:孙保营　　发行电话:0371-66966070
全国新华书店经销
新乡市豫北印务有限公司印制
开本:787 mm×1 092 mm　1/16
印张:7
字数:125 千字
版次:2020 年 6 月第 1 版　　印次:2020 年 6 月第 1 次印刷

书号:ISBN 978-7-5645-7021-7　　定价:49.00 元

《郑大故事(2019年度)》编委会

序　言

若待上林花似锦，出门俱是看花人。又到了万物葱茏，百花盛开的季节，《郑大故事（2019年度）》顺利结集出版，为生机盎然的春天再添一抹新绿，为丰富校园文化再增一片生机。

2019年，是新中国成立70周年，是学校跨越90年办学历史、进入百年建设新征程的开局之年，也是学校一流大学建设与实施“十三五”发展规划的关键之年。在教育部的亲切关怀下，在省委省政府的正确领导下，承载全省人民对高等教育高质量发展的新期待，全体郑大人坚守干事创业、立德树人的办学初心，攻坚克难，硕果累累。一年来，学校高举中国特色社会主义伟大旗帜，深入贯彻落实党的十九大和十九届二中、三中、四中全会以及全国教育大会精神，以一流建设为主线，坚持改革开放、稳中求进，担负起文化引领、人才支持、科技支撑的时代重任，努力打造河南的“开放高地”，呈现中原大地的办学成色与底色，书写新时代一流大学建设更加出彩的新篇章。

在习近平新时代中国特色社会主义思想的引领下，郑州大学党委自觉肩负起新形势下宣传思想工作的使命任务，以“高举旗帜、围绕大局，内聚人心、外塑形象，促进发展、服务师生”为总目标，加快推动媒体融合发展，使主流媒体具有强大传播力、引导力、影响力、公信力，让正能量更强劲、主旋律更高昂。进一步讲好郑大故事、传播好郑大声音，有效整合校园网、校报、校电视台、校园广播以及校官方微博和微信等平台，持续推出“郑大故事”系列新闻报道，逐步建立起以内容建设为根本、先进技术为支撑、创新管理为保障的全媒体传播体系。秉承“求是 担当”的郑大校训、弘扬“追求卓越”的郑大精神、抒发“勿忘人民”的郑大情怀，为学校一流大学建设凝心聚力，营造氛围。为此，我们加强选题策划，聚焦师生关注热点，瞄准基层一线人物事迹，注重挖掘平凡人物身上的闪光点，推出系列化、品牌化、精品化全媒体作品。2019年共推出了23篇“郑大故事”，聚焦身边人身边事，以有温度、有情怀的文字，丰富、立体、生动的传播方式，记录了16位教师、4个团队、11名学生、1位校友的先进或感人的事迹以及 1 个彰显攻坚克难精神的工程纪实。一枝独秀不是春，万紫千红春满园。这些人物和团体以感人至深的事迹，凸显了郑大精神、郑大情怀和郑大力量。《新华网》《人民网》《学习强国》《中新社》《中国青年网》《河南日报》等媒体先后对他们的故事进行了采访报道，国内和省内外的多家媒体也对这些报道进行了转载，获得了广泛的好评，提高了学校在社会上的知名度、美誉度、影响力。

2020 年是我国全面建成小康社会，实现第一个百年奋斗目标之年，是“十三五”规划的收官之年，也是一流大学建设首轮验收年和郑州大学合校 20 周年。我们将以习近平新时代中国特色社会主义思想为指导，深入贯彻党的十九届四中全会精神，落实全国、全省教育大会精神，以一流建设为主线，解放思想，转变作风，攻坚克难，扎实推进研究型大学治理体系建设和部省合建，努力实现建设国家一流大学的阶段发展目标。为进一步营造一流大学建设舆论氛围，巩固意识形态阵地，加强舆论引导，抢占网络阵地，讲好郑大故事，编委会将这一个个鲜活真实的故事编撰成书，旨在树立先进典型，激发担当作为，激励全体郑大人展现新作为、实现新突破，以高质量内涵建设推动一流大学建设，在谱写新时代中原更加出彩的绚丽篇章中做出郑大人应有的贡献！

本书编委会
2020 年 4 月

目 录

郑大故事

行走在介入医学一线的创业人

——记中原学者、郑州大学第一附属医院介入科教授韩新巍

“从2012年开始，韩教授就开始呼吁医学生上介入医学课，经过长达6年的努力，现在我们终于可以上介入课了，非常高兴。”课后，郑大一附院介入科护士长这样激动地说道。

2019年2月25日上午，一堂生动活泼、别开生面的课程在郑州大学医学院开讲，并获得好评。主讲人是“中原学者”、郑州大学第一附属医院介入科主任、河南省介入治疗与临床研究所所长，河南省临床医学特聘学科带头人韩新巍教授。可喜的是，他讲授的“介入医学”课程是全国医学院校在临床医学院首个开设的本科必修课程，郑州大学也成为全国首个把介入医学设为必修课的院校。

挑起重担——“我们是收容队，来的都是‘残兵败将’”

介入医学作为一门新兴学科，沐浴着改革开放的春风进入国内，在大江南北开花结果。尽管介入技术已经在国家级和省级大医院得到普遍应用，但相应的学科建制并不完善，发展乏力。国内的许多高校并没有开设介入医学课程，先进的创伤的介入诊疗技术在临床医学中的应用鲜为人知。

“在成立之初，很多人都不懂介入，尽管在我们的坚持下，定点去基层宣传普及介入治疗知识，但那时的宣传并未达到我们想要的效果。我们收治的患者绝大多数都

身患临床内外科不治之症。就像在战场上打仗一样，我们是收容队，来的都是‘残兵败将’。患者往往是抱着最后一线生的希望来的。”回忆过去，韩新巍教授这样说。

为此，他不但出版了《气道病变：介入治疗与研究进展》的中英文学术著作，还编写了《介入治疗：临床应用与研究进展》等大众读物近10部。正是凭着初生牛犊的冲劲儿，凭着肯下功夫、吃苦耐劳的精神，韩新巍教授在介入医学还不被大众熟知的情况下毅然挑起了重担，介入医学也成为他为之奋斗一生的目标和方向。2016年，他获得了“中原学者”的称号，是迄今为止河南医疗卫生界唯一入选的专家，更是河南西医临床医学史上第一个中原学者。他发明的“韩新巍式内支架”“韩新巍式宫婴平球囊”等一系列介入机械，不但注册了国家工商局商标，更是国际上首个以发明人、中国人姓名命名的介入器械。

如今，在院领导及韩新巍教授坚持不懈的努力下，郑州大学第一附属医院介入科成为全国最大的介入团队、郑州大学第一附属医院的知名科室、河南省介入科的“龙头老大”，在国内处于领先地位，并与国际最新技术接轨。韩新巍教授坚信，未来的介入医学一定会在国家“健康中国2030”规划中深入普通大众的日常认知，为越来越多的人所熟知。

知行合一——“我们最大的科研是在临床第一线”

以仁心为内核，以仁术为媒介，传递满满的正能量，一直是韩新巍教授不变的追求。他在这两个方面可谓做到了极致。

“不搞临床科研的医生不是好医生。我们很多医生护士把科研当作小白鼠和兔子的动物实验，这不是我们临床科研的始点，我们最大的科研是在临床工作第一线。”韩新巍教授认为临床科研是临床诊疗实践的延伸，通过科研提升临床水平，两者相辅相成，互相促进。

只有把理论应用于实践，理论才能生根发芽。正是在这种信念的驱动下，韩新巍教授注重实践，天天带着问题学习，比如把楔子塞到支气管里的临床操作来自修管工生活中的操作实践，而子弹头支架的灵感则来自农村筑锅匠用铆钉把缺口堵住的做法。生活处处皆学问，在他看来，他只是把其他方面的知识借用、嫁接到临床医学，开展了介入技术而已。

与此同时,他依据呼吸道的解剖学结构和病理生理特点,研制并成功应用于临床的医疗耗材有:系列生物相容性呼吸道内支架、消化道Y型一体化自膨胀式胃肠内支架和蘑菇形覆膜自膨胀式支架、血管内可回收支架等在国内外均属首次。

“我们平时见韩教授,最怕的就是他跟我们说科研,问我们最近有什么新的成果、取得了哪些进步。”介入科的学生们大多都这么说。

“饱满的谷子总是低着头,毛毛草肚子里没东西,却总是仰着头。”私下里,韩新巍教授谦谦有礼,不失君子风度,他那为学术工作竭诚尽虑的忠荩之心,那绵密细致的工作作风永远都是学生们的表率。

医者仁心——“我和家人都非常感谢他!”

世界卫生组织对人健康的定义为:解剖结构完整,生理机能齐全,心理健康。韩新巍教授始终把提高患者的身心健康作为自己永远的追求,并为之付出了不懈的努力。

“女孩没了子宫,还能叫健康人吗?食道癌切除后挽救了病人生命,可是患者术后几乎再也不能平卧休息,这是健康吗?为啥不用介入治疗,干吗要切掉呢?在伤残鉴定中,被切掉脏器的人,无论哪一级,一定是伤残啊!”

在韩新巍看来,医学的本质是消除病痛、恢复健康、提高患者的生活质量,一切治疗的目的都是为了康复,这样才算保持医疗的本真。

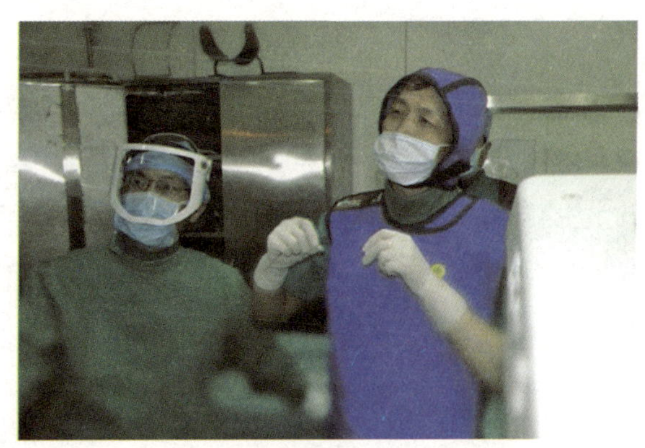

韩新巍教授在执行手术

2019年年初,一对洛阳老夫妇来就医,老先生得了直肠癌,最终也没保住肛门。4个疗程化疗后,癌细胞转移肝脏了,他的医生依然坚持给他化疗,已化疗8个疗程,肝脏转移瘤在扩大、在增多。最后实在没办法,经其他病友家属介绍,来到了介入科。每当回想起这对夫妇,韩新巍教授就难受不已。如果他们能早一点来到介入科,就不会错过最佳治疗时机。源于对生命的敬畏,这更加增强了韩新巍教授攻坚克难的决心。

韩教授的另一个患者是年逾八旬的孙秀娥老人。她见人就会激动地说:“我右眼原本看不清楚东西,医生说我是视神经瘤,不好治。我听说韩教授是这方面的专家,就去求助。韩教授为我做了手术,很成功,现在我又重见了光明,我和家人都非常感谢他!”

或许就像韩新巍教授所说,介入科又叫疑难杂症科,能够治疗的疾病种类几乎包括了全身各个系统和器官的主要疾病。在介入科,永远没有选择,只有责任。

众志成城——“遇到这样一个好老师,我很幸运!”

千人同心,则得千人之力;万人异心,则无一人之用。做任何事情都需要一个齐心协力的团队,搞科研也必须是一个团队,一个人注定走不远。

“要鼓励年轻人进步,他们是医学界的未来,只有他们进步了,社会医疗水平才能提高,发展成果才能惠及最广大人民。金字塔的底座越来越大,尖才会越来越高。要不然,一个小土丘能有多高啊?对于我们介入医学来说,也是一样的。”

学海无涯,决不能目光偏狭,决不做井底之蛙。要想全国闻名,世界知名,必须把视野、格局放大,不能鼠目寸光,囿于一个小小的科室、病区,止步不前。

个人因团队而自豪,团队因个人而出名,这是韩新巍教授一直秉承的理念。所以,他不但要求学生在技术上精益求精,还着重培养他们的医德教养,由此造就了一大批专业人才。

“我很庆幸能跟着韩教授学习,在这里,韩教授不但在医学上教导我,给我展现自己的机会,生活上也对我无微不至。遇到这样的一个好老师,我很幸运。”韩新巍教授的学生、郑大一附院介入科医生任克伟无限敬佩地说。

凡为医之道,必先正己,然后正人。行医多年,韩新巍教授带领着自己的团队以梦为马,风雨兼程,或是坎坎坷坷,或是潇洒自如地向着远方前行。他心中始终铭记:医生,治病救人;老师,教书育人。

(刘乐乐 撰稿)

学为人师德为范 此般师生此般情

——郑州大学三位“巾帼标兵”获得者的时代风采

“成功的花/人们只惊慕她现时的明艳/然而当初她的芽儿/浸透了奋斗的泪泉/洒遍了牺牲的血雨。”这是著名作家冰心的诗句，道出了奋斗者的艰辛。荣获2019年郑州大学“巾帼标兵”荣誉称号的护理学院陈长英教授、新闻与传播学院郑素侠教授、公共卫生学院巴月教授堪称“成功的花”——她们立足本职，敬业勤勉，在教学、科研上恪尽职守，施展才干；在各自专业领域获得国家级、省级、校级荣誉，创造了骄人成绩；用实际行动展现了我校女性勤劳、勇敢、智慧和无私奉献的巾帼形象，为一流大学建设做出了新的贡献。

“全国优秀科技工作者”——护理学院陈长英教授

郑州大学护理学院陈长英教授是河南省护理界创下多个第一的人。在坚守护理岗位的30余年中，她曾是河南省最年轻的护士长、主任护师，也是河南第一位获得医学硕士的护士，更是河南第一个被评为“全国优秀科技工作者”的护理工作者。

她兼任中华护理学会护理教育专业委员会副主任委员、《中华护理杂志》等杂志的编委等多个社会职务，先后获“河南省优秀护理工作者”“河南省优秀外事工作者”等多项荣誉，至今在国内外期刊发表论文60余篇，出版专著8部，主持完成课题16项，获省厅级成果奖9项、专利5项。

作为护理学院的现任院长，一届届学生脱胎换骨的变化是陈长英最为印象深刻的事情。从学生们刚进大学时的懵懂，到毕业时在职业道德、职业素质和基础知识、专业技能等方面都取得长足进步；从一些研究生只重理论不重实践，到毕业时在理论、临床实践、科研思维和能力等方面有极大的提高，这都让她感到欣慰。

“我们的研究小组每周五、周六都会进行集体学习，内容包括论文分享、学习汇报以及一些 SCI 论文的交流等。”陈长英介绍道。她尤为重视学生举一反三的能力。在她看来，学生才是学习的主导者，老师们更多发挥的是倡导、引领的作用，学生们应该在课下下更多功夫，要拓展老师布置的任务，发掘出更多自己的想法和创新。

“我的兴趣爱好是很多的，但为了工作，放弃了不少，家里老人也照顾不到。这是我多年来深感遗憾的地方。”陈长英感慨道。其实，她希望青年教师们都尽可能地兼顾工作与家庭。

“我不能放松，新学期我们要让护理学科在双一流学科评估中更进一步，助力郑州大学一流建设。”这是陈长英的心愿。

河南省“青年五四奖章”获得者——新闻与传播学院郑素侠教授

新闻与传播学院郑素侠教授

对规则的敬畏，对理想的执着，对说真话的坚守——这是郑素侠教授最想告诉学生们的，亦是她教书育人的一片赤诚之心。郑素侠不仅是郑州大学新闻与传播学院副院长、博士生导师，还是河南省学术技术带头人，河南省第十八届“青年五四奖章”获得者，主持 3 项国家社科基金项目，其中 1 项重点项目、2 项青年项目。

从事教师工作 15 年来，她不仅仅是一名布道者，努力将知识和信息传播给学生，还是学生们的科研合作伙伴，与他们交流思想，共同学习。

2012 年暑假,郑素侠带领 7 名学生在新郑某乡村小学调研留守儿童的媒介接触行为,以命题作文的形式做深度访谈,让留守儿童写出“我的梦想”。作文回收之后,一名女学生拉住她说:“老师,我们能不能留下来半天,给孩子们每人写一封回信?”这句话让郑素侠深感惭愧,因为她刚意识到自己只是在向研究对象索取,而没有付出。

那天晚上,郑素侠和同学们留了下来,趴在床上,认真回复着留守儿童的“梦想”,告诉他们:你很棒,只要你努力,你的梦想就会实现。

研究不仅仅是收集数据、分析现象、解决问题的过程,更是通过采取措施使社会更美好、人民生活更幸福的转变过程。这是 15 年来郑素侠在做科研时最深刻的心得体会。

课余时间,郑素侠喜欢游泳和阅读文学作品。她认为良好的习惯很重要,要拒绝拖延、学会舍弃无关紧要的事情,集中精力做好当下的工作,而非刻意地去平衡生活和工作的关系。

“我希望能抓住每一个人生出彩和梦想成真的机会。拥有独立的思想,自由的灵魂,做感兴趣的研究,坚持沉下身子,走向基层,用自己的眼睛看最真实的情况,用自己的耳朵听最真实的声音。”这是郑素侠的理想。

国家“九五”攻关课题研究参与者——公共卫生学院巴月教授

“教书必先育人”,是巴月教授的为师之道。她不仅传授知识,更注重对学生们生活、心理上的关怀。一线耕耘 30 年,巴月把办公室当成了第二个家,她经常在办公室待到很晚。而每次去外地调研学习,巴月又总不忘给学生们带点当地的纪念品。

在课堂上,巴月是一丝不苟的严师。据研究生三年级的贺同坤回忆,在实验中,老师曾严厉地批评他反复冻融实验材料的小细节;她总是会逐字逐句地给学生检查论文,事无巨细地提醒实验中出现的各种问题。

而学术之外,无论是恋爱的烦恼,还是考研、找工作的迷茫,同学们都乐意和巴老师推心置腹地聊一聊。在学生送给她的照片上,印了一段顺口溜:“当得了教授做得了妈,环境卫生科学把心扎,出国交流顶呱呱,赢得同学最喜爱老师不用夸,桃李满天下,成果如春花。”

作为省教育厅科学技术学术带头人，巴月扎根于环境卫生科学研究，先后承担国家自然科学基金2项，国际合作课题1项，省、厅级科研项目10余项；发表了60余篇专业论文，其中由SCI收录的有30余篇。

访学耶鲁，是巴月科研探索道路上不可或缺的一步。那次访学让她认识到了培养有为青年的迫切性。"早晨6点，纽约街道上没什么人。第一班公车却已经挤满了去免疫大楼做实验的学生，他们还熬夜到很晚，这些学生太努力了！"巴月感慨道。

回国后，她立即着手加强学院的国际合作项目，积极推进双语教学，促成学院多名青年教师赴世界名校学习交流，为学院的学科发展和人才培养发挥了积极作用。她说："我们致力于培养高水平的科研人才和年轻一代的教师，希望学院的各项排名能逐步提高，助力郑大的双一流建设。"

两代郑大人，一家"医学生"。医学家庭的氛围，亲人的支持与陪伴，是巴月科研路上的强大支柱。巴月的硕士和博士均就读于郑大，毕业后便留在母校任教至今。她的丈夫也是郑大医学院的老师，她的女儿后来也考入郑大医学院，现已赴美读博。

"我获奖的时候，别人开玩笑说，我的军功章有我先生的一半。但其实呀，我的军功章全是他的！"巴月笑道。

三月，春暖花开的季节，女同胞们迎来属于自己的节日。时代召唤巾帼，奋斗成就梦想。此刻记录这些学风典范、信道笃行的女教师楷模，不仅彰显了郑大人锐意进取、自强不息的时代风采，更是在新时代中国妇女事业的新篇章上画下了浓墨重彩的一笔。

（学生记者　刘乐乐　崔国玉　赵晨琰　崔馨戈　撰稿）

填补国内流体压缩动力领域空白的“推进器”

——记第十二届全国“iCAN 创业之星”获得者王凯甬

3 月 7 日，在北京国家会议中心举行的 2019 全球创新教育大会暨第十二届 iCAN 原创中国精英赛上，郑州大学机械工程学院王凯甬、裴雷，生命科学学院倪新程，商学院赵诗倩，外语学院贾彤彤等几名本科生的作品《基于条件反射原理的动物“机器人”行为控制技术》获得特等奖。2019 年 6 月，该获奖团队代表中国参加在德国柏林举行的第十二届 iCAN 国际创新创业大赛国际总决赛上，向全世界展现中国大学生的科技创新实力。

王凯甬作为“小平科技创新团队”学生代表

参加第十一届中国青少年科技创新奖颁奖大会

此次获得特等奖的团队核心成员王凯甬，是郑州大学机械工程学院2016级的本科生。他曾获得2017年第十一届iCAN国际创新创业大赛中国区总决赛一等奖、2018年中国机器人大赛水下机器人巡游项目冠军、2018年iCAN原创中国精英挑战赛精英奖、2019年第七届全国海洋航行器设计与制作大赛特等奖等28项省部级以上科研竞赛奖项，拥有发明专利授权1项、实用新型授权4项、在申专利6项，被评为第十二届全国“十佳创新之星——iCAN创业之星”、2018年度郑州大学“大学生标兵”，并作为“小平科技创新团队”的学生代表参加了2018年8月在人民大会堂举行的第十一届中国青少年科技创新奖颁奖大会。目前，他在郑州大学大学科技园注册成立郑州无桨推进技术开发有限公司（筹），获得了河南省教育厅“新时代新梦想”创业帮扶基金支持。

无桨推进技术填补国内空白

在浏览器里搜索“无桨推进器”，数十条“郑州大学无桨推进技术填补国内空白”的词条会出现在屏幕上。无桨推进技术是王凯甬创造的一项革新技术。他运用此项技术打造的“无桨推进水下机器人”，获得了第十一届iCAN国际创新创业大赛中国区总决赛一等奖。“比赛评委对我们拿到一等奖很意外，没想到很多学校在水下机器人领域几年的技术积累，被我们的无桨推进器技术所革新。”王凯甬指着桌子上的第一代无桨推进水下机器人介绍道。他创造的这项技术为船舶运行动力打开了一扇新的大门，填补了国内流体压缩动力领域的空白。

大一入学刚一个多月，考虑到传统有桨推进器的桨叶在水下作业时容易被水草和杂物缠绕，王凯甬萌生了用无桨代替有桨的想法。在得到机械工程学院党委副书记张宏选和学长董斌鑫的肯定与支持后，王凯甬开始尝试着手无桨推进器的研究。由于他的理论基础比较薄弱，对技术原理的了解还不够透彻，而可供参考的中文文献又很少，因此王凯甬下载了30多篇外文文献进行学习。通过深入研究和思考，他发现在“机翼”两侧各装一个类似于圆环的前后贯通的涵道，再结合“柯恩达效应”，即可实现无桨技术的运行。

于是，王凯甬和团队开始将“柯恩达效应”与无桨技术结合。无桨推进器使用涵道式的机械结构对侧方水体进行微压缩，机器人在水下运行时由涡轮增压机通过涵道在中间形成内圈高压水流，从而带动涵道中心的静态水流动，然后反作用于推进器，实现较大推力。同时，无桨推进率先利用“柯恩达效应”对出水、入水以及管道进行表面优化。此外，该无桨推进器在设计上采用流线型涵道，能高效地将电能转化为推进的动能。

“其中遇到的最大困难就是涵道模型的设计”。在一年多的实验里，令王凯甬印象最深刻的就是涵道模型设计。由于实验室设备条件有限，他只能在图纸上大概计算涵道的数据，再用十几个小时的时间将模型打印出来。在将近一年的时间里，王凯甬都在重复着这样的操作，实验室的桌子上、抽屉里、地板上都堆满了废弃的涵道模型。就这样，王凯甬和队员们整个暑假都住在实验室里，经常从晚上工作到凌晨，他说那个时候自己做梦都在做实验，大家早上醒来洗把脸就继续干活。经过一年多的实验，第一代无桨推进水下机器人在王凯甬的坚持和努力下诞生了，并获得了“2017 OI 中国水下机器人大赛”二等奖。

2018 年 8 月，王凯甬带领团队参加了 2018 年中国机器人大赛。“1200 分！冠军！”队长王凯甬在比赛现场大声喊道。由他们打造的郑州大学水下巡游机器人凭借着出色的表现夺得了机器人水中巡游项目的冠军。同时，他们还参加了机器人水下对抗项目的比赛。参加对抗项目的机器人，是王凯甬在距离比赛仅剩下不到 1 周的时间里再次创新的。“从塑料手到金属手，是一次技术的突破。”王凯甬说。

前几年的参赛机器人均使用 PLA 塑料材质的机械手，在激烈的争夺战中经常断裂，以致在比赛中常处于被动的局面。“要想在对抗赛里获胜，机器人的手臂必须有足够的力量应对敌方的攻击，并成功抢到球。”因此，王凯甬采用新工艺的铝合金机械手，利用 CNC 数控加工铝板，通过机械配合的方式组装成立体机械手，解决了之前存在的弊端，“这才让我们的机器人更加坚固有力，最终获得了对抗项目的三等奖”。

动物行为控制技术再创佳绩

王凯甬带领团队获得第十二届 iCAN 原创中国精英赛特等奖

凭借着在无桨领域的不断创新,凭借着求索不止的精神,王凯甬最终站在了第十二届“十佳创新之星——iCAN 创业之星”的颁奖台上。在第十二届 iCAN 国际创新创业大赛中国总决赛开幕式上,王凯甬作为参赛学生的唯一代表发言,并介绍了他新提出的技术——动物行为控制技术。

“运用仿生技术可以做出很逼真的动物,但仿造的动物永远不如真实的动物,所以我就想,能不能发明一套技术直接控制动物的大脑?”带着这样的疑问,王凯甬产生了利用动物的应激反应能力控制动物行为的想法。经过大量的实验与检测,将乌龟对不同的光线、波长等刺激的反应,集成到一个设备上,然后将该设备罩在乌龟的身体上,通过遥控器控制设备,从而控制乌龟的行为。当乌龟的眼睛向右上角看时,在其视线的延长线上打开安装好的 LED 灯,乌龟的眼睛受到光的刺激,便会将头转向其他方向。“让乌龟代替船潜入水底,我们在陆地上向左控制遥控器,乌龟就会向左爬。乌龟以比机器人更小的体积、更强的机动性实现了水底多维运动。”王凯甬介绍道。

“这种利用光电技术设计的穿戴式的控制技术在一定程度上突破了仿生技术难以达到的技术高度，与现有的仿生技术实现功能性互补。”王凯甬说。2018 年 10 月，该技术已经可以非常准确地控制乌龟。随后，王凯甬也对鸡等禽类动物进行大量实验，收集控制数据。如果成功，将来有望利用鸽子更灵活的运动方式和更广阔的运动范围取代航拍器进行航拍。除此之外，该技术还能应用于特殊场景下的侦察、地质探测、特种任务实现等领域。

凭借着这个可以“直接控制动物大脑”的技术，在第十二届 iCAN 原创中国精英赛上，王凯甬带领的团队从参赛的 35 支队伍中脱颖而出，获得特等奖。

在指导老师张宏选看来，王凯甬取得的科创成绩主要取决于他平时勤学好问、坚韧不拔的品质。“他平时非常善于思考，不是把看到的物品看作终极产品，而是看作可以利用或改良的工具，而且他敢于向权威挑战，敢于不断突破自我。虽然‘无桨推进器’失败了很多次，但他一直在坚持，从不放弃。”张宏选说。作为“小平科技创新团队”深蓝科技部的副部长，王凯甬在全身心投入科创的同时，还积极组织和带领团队成员一同创新项目，不断取得新成果。

机器人实验室的灯依旧亮到深夜，王凯甬也正向下一个目标迈进——将无桨推进器应用到飞机上。“我国在无桨推进领域还有许多有待进一步研究的方向，急需我们青年人的投入和参与。同时我也想把自己的科技成果推广运用到实际的生产生活中，不能让它们躺在实验室里，而要让它们实现应用价值。”他希望自己将来可以在海洋船舶领域内继续深造，为我国船舶事业的发展贡献自己的青春智慧和力量。

（学生记者　滕文强　冯雪　何鑫雨　撰稿）

杏林自春暖 白衣秉丹心

——记郑州大学第一附属医院殷德涛教授

近日，郑州大学第一附属医院甲状腺外一科殷德涛教授团队完成了河南省首例“3D 腔镜下全乳晕甲状腺癌根治术”。随着甲状腺癌发病率的逐年提高，由于传统开放的甲状腺手术在颈部留下较为明显的疤痕影响美观，给患者造成较大的心理负担。因此，殷德涛教授带领科研团队夜以继日地不断钻研，最终成功地运用 3D 技术改善了术后创口问题，这标志着郑州大学第一附属医院腔镜甲状腺癌根治技术再上新台阶，同时也填补了我省在该领域的空白。

心存医念——医道通达　求医不止

生命如此神圣，救死扶伤是崇高的，这是殷德涛教授一直坚守的信念。年少时，受父母长辈的影响，殷教授立志从医。如今，患者们欢快的笑脸，或许是对他多年来从医生涯的最大回报。

在当医学生时，殷教授就深刻体会到医者是仁者之术，医生在救治患者的同时，也是在向社会传播一种科学的健康之道。患者带着痛苦来到医院，经过医生的积极治疗，病况好转，亲人团聚，这是件很有成就感的事情。因此，他更加勤奋地钻研医术，这为他以后的行医之路积累了丰富的理论指导。

1993 年，本科毕业那年，殷教授响应祖国“医疗资源支援”的号召，作为校主要团干来到了新疆生产建设兵团农四师，正式成为一名普外科医生。四年间，在医院老师的带领下，殷德涛作为基层住院医生，从阑尾炎、疝气、胃穿孔等基层病开始诊治，不但为自己的临床经验奠定了稳固基础，也使自己的基础医疗知识得到了历练。

但医学不同于自然科学，是实践类的医学科学。每种疾病都会有个性化的表现，个体差异造成同病种的患者对同一治疗方法的反应可能不同。这就要求医生追求对个体最完美的治疗方案。随着临床实践的深入，殷教授发现发掘本科医学知识、课本知识不足以使自己的诊疗水平和思想境界得到提升。为进一步学习深造，殷德涛教授考取研究生，重新回到学校，再次系统地进行理论锤炼和知识结构培训。同时，为了更快进步、获得更多的先进专业知识，殷教授于2007年赴美留学。在詹姆斯肿瘤医院进行了为期一年的博士后国际交流工作后，他本着“悬壶济世、治病救人”的初心回到国内，希望可以把研学期间所学习到的先进技术和前沿科技运用在国内的医学治疗中，使国内的医学水平得以提升，无愧于祖国的培养，也无愧于自己的初心。

正是对“初心”的坚守，驱使他不断向前，并取得丰硕成果：他主持完成各级科研项目20余项，获得包括河南省医学科学进步一等奖、河南省自然科学优秀学术论文一等奖在内的各类科研奖励十余项，发表中英文学术论文近百篇；先后获得河南省高层次人才特殊支持“中原千人计划”学者、河南省优秀教师、河南省学术技术带头人、河南省“五四青年奖章”、河南省优秀青年科技专家、河南省自主创新十大杰出青年等荣誉称号。

时至今日，殷教授仍坚持在空闲时间阅读最新的医学科研论文，不断丰富自己，与时俱进。殷教授说，学习是一个永无止境的过程，研究越深，会发觉自己越渺小。知行合一，努力实践，他仍在路上。

“技”“艺”双全——充实自我　造福人民

“以仁心为内核，以仁术为媒介，传递满满的正能量”，这一直是殷教授不懈的追求。在殷德涛教授的带领下，郑大一附院甲状腺外科形成了集甲状腺超声诊断、细针穿刺学活检、甲状腺手术、核医学诊疗、射频消融微创治疗为一体的甲状腺综合诊疗中心，拥有精湛的诊疗技术、先进的医疗设施、雄厚的人才储备，整体实力在国内亦为翘楚，使河南的广大患者不必承受异地就医之苦，在家门口就可以得到国内最优质的诊疗。

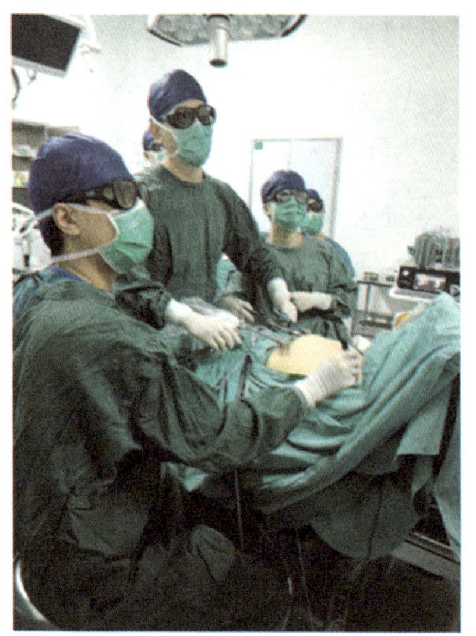

殷德涛教授在手术中

他实施的3D腔镜甲状腺癌根治术(颈侧区清扫术)定位准确,操作简单且行之有效,使甲状腺切口缩小至0.5~1 cm,且从颈前区移至较为隐蔽的部位,避免常规手术对颈前外观的不良影响,更好地造福甲状腺癌患者。

此外,作为河南省青联的医药卫生界别的主任委员,殷德涛教授每年不仅参加"送医下乡"的义诊活动,还谨记医者使命,多次在高铁上抢救患者,传扬"救死扶伤"精神品质。他常说:"患者的健康,是我最大的快乐。"真正投身医学研究和医疗事业后,殷教授对医生这个职业的感触才愈发深厚。当看到病人因自己的努力减轻痛苦,重获新生时,他内心那种油然而生的自豪感是溢于言表的。

无论如何,医生作为一个高强度工作者,没有强健的体魄是万万不行的。为了使自己的身体更好地适应工作的要求,殷教授每天晨跑,节假日也会带着学生团队打羽毛球、乒乓球,在轻松的氛围中,培养学生积极向上、锻炼身体的良好习惯。

治病救人之余,殷教授兴趣爱好广泛。不仅热爱阅读和写诗填词,还参演过多部公益宣传片和影视剧。在谈及参演影视剧的感受时,他表示,在这过程中自己更加明确了一切业余爱好都是为了更好地服务本职工作。通过体验演艺界精益求精的敬业精神,他更加坚定了要把医者"用200%的努力做到最好"的理念传承下去。

技术上,他认真负责,一丝不苟,严格手术指征、严把手术质量,使患者能在第一时间得到最为精准的治疗,避免不必要和不规范的手术;才艺上,他一片热忱,诚笃平实,从各个行业汲取营养,提高自己的医术医德,彰显白衣卫士救民于水火的高尚品质和中华美德。

良师益友——春风化雨 一片真情

殷德涛教授悉心授课

殷教授把传道授业解惑作为自己生活的一个重要部分。在给学生授课的过程中，他会与学生讨论科研方向，并分享自己的医学观、人生观。他说："不忘初心，把治病救人当成毕生追求，克服艰难险阻，未来一定是光明的。"

在郑州大学医学院2014级学生李铄眼中，殷教授总是温文尔雅，满怀对生活的热爱、对工作的激情，并把这些在对学生的谆谆教导中，耳濡目染地渗透到他们生活的点滴中。回忆殷教授生活中不经意的细节时，李铄高兴地说道："在平时查房的时候，他和患者唠家常，说的总是例如'大娘，您今天还有啥不舒服吗？''兄弟，这会儿还好吗？'这样的话语，使得医患距离拉近了，患者更愿意向医生说明自己的状况，有利于病情分析和进一步治疗。"

在李铄的印象里，殷教授言传身教，不但在医术上要求他们严格律己，还着重培养他们的医德素养。殷老师每天工作十几个小时属于常态，做好检查的患者来找殷老师分析病情，无论多晚，他都要把患者的报告单分析好，跟患者及家属讲明白了才结束。学生们看在眼里都非常感动。

此外，殷教授每天查房之后都会给学生们开晨会，带着学生们学习新的技术和知识。外面的世界嘈杂，匠人的内心是宁静的。在学生们眼中，殷老师仿佛从来都是平心静气的。快节奏的临床工作易使人浮躁，但教授一如往常，从容不迫，风度翩翩，丝毫不受影响。李铄回忆道："我记得有几次我做的事不大理想，老师会说：'你把这个工作前期准备得再充分一点儿，下次就会更理想了。'跟殷老师相处，我们时刻受到他和风细雨般的影响。"

在"医""教""研"的岗位上，殷教授可以称得上是一位"士兵"，坚守着本分职业。但另一方面，"士兵"的心是热的。"昔闻乌江多险滩，惊涛骇浪暗礁寒。今朝高峡出翠湖，千里航道似平原。”这首气势磅礴的诗，是殷德涛教授意兴阑珊之作。平仄间的恢宏大气，也正映照着殷教授潇洒多姿的人生。

在手术台前，他是悬壶济世的医生，于全神贯注中妙手回春；在实验室里，他是科研工作者，勇于创新，为医学事业再传捷讯；在三尺讲台上，他是讲师，传道授业解惑；在片场中，他又化身演员，感受不同职业，体验人生百态。

医者仁心，大医精诚。“你面对的是患者，是疾病，如果没有一个积极向上的心态，你怎么感染病人？”殷德涛教授说道。不忘初心，砥砺前行，这样一位医德双馨、多才多艺的全能医生，可敬可赞。

（刘乐乐　学生记者　黄坤一　王攀　虞仪　撰稿）

《最强大脑》全国十强团队的开拓者

——记“郑州大学2018年度发明之星”武晓雪

在通往北京的火车上，武晓雪一直抱着由亚克力板制成的轮椅模型。在近10个小时的车程中，即使手臂酸痛，夜里无法入睡，她也丝毫不敢松懈，一直保持着同一个姿势，紧紧地抱着模型，生怕碰坏了某个部件。这个模型是武晓雪参加第十一届iCAN国际创新创业大赛的作品——RUFENG保健椅。

武晓雪是护理学院2015级的本科生，她研发的RUFENG保健椅曾获得多个全国奖项。她曾带领团队登上大型科学竞技节目《最强大脑》的舞台，成为2017年联想智能生态高校创新大赛全国十强团队；参加了2017年第十一届iCAN国际创新创业大赛，进入全国总决赛并获得二等奖。除了RUFENG保健椅，武晓雪还研发了便于导尿、灌肠等操作的新型病号裤、新型假肢以及气球打结辅助器等产品，并获得三项专利。去年年底，凭借着在科技创新方面的出色成绩，武晓雪荣获“郑州大学2018年度发明之星”的称号。如今，她已成功考取中山大学护理学院护理学专业硕士研究生，准备在医护领域继续深造。

武晓雪带领团队获得2017年第十一届iCAN国际创新创业大赛全国二等奖

心系患者，勤于思考，从生活中汲取灵感

为了开展科创项目，武晓雪组建了一支“如风科技团队”，研发出一种新型的医用轮椅——RUFENG 保健椅。不同于一般只能代步的轮椅，RUFENG 保健椅能辅助脑损伤、不完全脊髓损伤患者进行康复训练。

保健椅长 30 厘米、宽 40 厘米、高 50 厘米，能够根据患者自身的实际情况设置不同的功能，提供有针对性的训练方案。此外，它还配有手机 App 和按键两种操控模式以及人工、电力两种驱动模式，集护理床、轮椅、康复器械三种功能于一身。

保健椅的发明创意源于武晓雪参加医疗见习时的切身体验。在郑州大学第五附属医院临床见习时，她看到一位因为心血管疾病做了开颅手术的患者无法控制自己一侧的身体，坐在轮椅上不停地往下滑，给患者和家属带来了很大困扰。

患者的女儿担心父亲术后恢复不好，身体无法像以前一样活动自如，便希望父亲平常使用的医疗器械也能配备康复训练的功能，帮助父亲进行科学的训练。这位患者家属的诉求让武晓雪认识到，目前市场上的轮椅功能无法满足一些患者的特殊需求，于是她便萌生了研发一款新型轮椅的想法。

深入调研，敢于尝试，在实践中不断创新

武晓雪开始带领如风科技团队深入市场进行调研。他们发现，市场上现有的康复器械功能比较单一，不能使每一个训练步骤有效地衔接和配合起来，而且体位转移搬运的安全性也无法保障，甚至可能造成患者的二次伤害。

根据这种情况，团队成员经过反复实验和改进，首先研发出了一种胸腔穿刺模式的保健椅。胸腔穿刺本应在医院的胸腔穿刺室进行，但部分患者由于行动不便无法前往医院，只能在家中进行穿刺。这就要求患者必须长时间地保持同一个姿势，对身体较弱的患者来说是一项很大的挑战。而坐在 RUFENG 保健椅上，患者可以通过按键或者手机 APP 调节保健椅的靠背与扶手，选择最舒适的姿势。保健椅上配有约束

带,提高了胸腔穿刺操作的成功率,使患者在家接受治疗更加方便。

在保健椅项目的前期调研中,郑州大学第五附属医院的田克老师曾经鼓励武晓雪:"制作这个轮椅的路会很漫长,但只要敢于迈出第一步并坚持下去,就一定会有好的结果。""当时完全没有想到真的能做出来,只是觉得年轻就要勇于尝试,大不了失败了重新再来,但是既然做了就要尽全力做好。"武晓雪说。

在后续的不断调整和发展中,武晓雪和团队成员又逐渐研发出了髋部骨折康复训练模式、截瘫患者功能康复训练模式以及脊髓损伤患者功能康复训练模式的保健椅。

利用保健椅进行康复训练有两种方式,一种是通过轮椅上的按键选择已经提前设置好的训练计划,另一种是通过手机 APP 调节大腿坐垫角度和高度。当轮椅底部类似于"大脑"的单线板接收到 APP 传达的指令后,便将信号传送给驱动芯片,然后由芯片再传送给控制后背板、大腿板、小腿板、脚踏板和轮子的器械,帮助患者进行康复训练,有针对性地锻炼特定肌群。

严谨细致,吃苦耐劳,在耕耘中收获成长

为了参加第十一届 iCAN 国际创新创业大赛中国总决赛,武晓雪和团队成员共同制作了 RUFENG 保健椅模型。但亚克力板材质的模型易碎,尤其是作为整个轮椅支撑的模型"腿"部,稍微碰撞一下便会碎,所以"腿"部前前后后更换过很多次。为此,武晓雪还专门打磨了多条"腿"部以备更换。除此之外,整个模型都是她亲手打磨的,连轮椅外皮都是她一点一点粘上去的。

作为如风科技团队的队长,武晓雪认为自己"只能干些力气活"。"团队里每个人都很优秀,都值得我去学习。"其实,正是武晓雪的默默付出才保障了团队的研发和比赛稳步进行,她是队员们心目中的主心骨。在由联想集团和《最强大脑》联合举办的联想智能生态高校创新大赛中,武晓雪带领团队从全国 5 181 个参赛团队中脱颖而出,拿下华中赛区的冠军,成功晋级总决赛,并登上了《最强大脑》的舞台,最后成为全国十强。

武晓雪带领团队获得2017年联想智能生态高校创新大赛全国十强

2018年6月,保健椅项目刚刚启动,武晓雪在做科创的同时还面临着考研的压力。当时她正在浙江实习,早晨6点多起床后便匆匆赶往实习医院,在科室里忙碌一整天。吃过晚饭后她才开始看书、做题,每天都复习至凌晨2点才去睡。一分耕耘,一分收获。今年,武晓雪以笔试第二、面试第二的优异成绩成功考取中山大学护理学院学术硕士研究生。虽然过程很辛苦,但她却咬牙坚持,最终交出了一份令人满意的答卷。

风物长宜放眼量。不管是科技创新,还是自己的人生,武晓雪始终保持着开阔的眼界,用长远的目光来衡量一切。对于未来的规划,她已经制定了明确的目标:硕士研究生一年级时考出理想的雅思分数,二年级时出国做科研项目,不断拓宽视野、提升能力,学习最前沿的专业知识。同时,她还打算将新型RUFENG保健椅的功能进一步强化,增加语音控制、触屏控制甚至脑电波感应控制等功能,使其更加人性化、智能化、现代化。不管将来去向何处,武晓雪都将不遗余力地为患者提供更加便捷实用的医用产品,立志为国家的医疗护理事业贡献青春力量。

（学生记者　王德昕　杨京琪　许珮珺　撰稿）

首位国人获奖 历史老师创造历史

——记历史学院青年教师赵昊

美国中部时间2019年4月12日，郑州大学历史学院青年教师赵昊博士荣获美国考古学会2019年度唯一的最佳博士论文奖。据了解，美国考古学会(SSA)成立于1934年，为全球最具影响力的考古学专业会议，这也是该学会首次将这个奖项授予中国考古学家。

四年功成，耐得住孤独与寂寞

赵昊博士荣获美国考古学会2019年度最佳博士论文奖

赵昊2017年于斯坦福大学博士毕业，此次获奖的论文正是他在美留学期间的研究成果——《中国西周时期的大规模动物手工业》。该篇论文以中国周原遗址为核心，大量交叉应用动物考古学、骨骼化学分析、出土文献等研究手段，是一次针对中国早期城市化复杂手工业的成功综合性研究。

起初，为了寻找选题，赵昊翻阅了大量文献资料，一份40年前的考古报告让他眼前一亮。随后，他赶往陕西省周原博物馆，在不足20平方米的仓库中翻找了3天，终于在角落里找到了两个“破竹筐”，里面是当年用油纸包好的动物骨骼。2013 年,经过周密的分析后,赵昊决定将该内容作为自己的博士论文选题。

“当时留下来的资料非常稀少,并且原存遗址的位置已很难找到。”尽管面临种种困难,但他还是想完成前人未竟的事业。

赵昊在考古发掘现场

为了减少对遗迹的破坏,赵昊仅在 20 平方米左右的土地上进行挖掘,这远小于一般西周遗址数百平方米的挖掘规模。“我们力求小而精,尽量从每一克土壤中多分析出一点信息。”4 个月后,赵昊发掘出了整整 102 箱、重达 2 吨的动物骨骼。

随后一年,赵昊进行了漫长的材料整理和数据分析工作。20 平方米的工作室里满满当当地堆放着箱子,桌子上遍是带着编号的骨头、一张张写满了记录的材料。整理至深夜,他便倒头睡在工作室的沙发上。“耐得住寂寞与孤独,这是一名考古人必须具备的品质。”他说。

2017 年年初,赵昊完成了他的博士论文。经过由众多顶尖考古学者组成的专家委员会的通读和评审后,该篇论文从全美的考古学博士论文中脱颖而出。

亦师亦友,喜欢和同学在一起

2006 年,时值大三的赵昊迎来了他的第一次田野实习,带队老师赵化成给他留下了极深的印象。“赵老师虽然年龄大了,但他身上那种考古人认真工作的魅力让我着迷。”赵昊说。正是由于被这份魅力感染,赵昊从事考古工作的心更加坚定。

2017 年 9 月,赵昊首次作为老师带领郑州大学 2015 级考古专业的 25 名同学一起来到了荥阳官庄遗址,开始了为期 5 个月的实习工作。赵昊说:“我希望自己能和赵老师一样,认真工作去感染学生们。”

2015 级考古专业的陈铮说,“认真”是赵昊老师给他留下的最深刻的印象。赵昊一眼就可以辨别动物骨头的种属,如果没有大量的知识积累和实践经验,是无法达到这种熟悉程度的。“我觉得赵昊老师对考古永远都有一颗赤诚之心。”陈铮说。

本着以学生为主的原则,赵昊主张在挖掘过程中多尊重学生的想法。他说:“一味地灌输而不让他们自行思考,这样的学习是缓慢的,毕竟犯错也是学习的过程。”

在与学生长期交流的过程中,赵昊深深体会到了亦师亦友的真挚情谊。赵昊表示,在实习工地,学生与老师更像是朋友。他说:“我喜欢跟同学们在一起,可以保持年轻之心。”

虚怀若谷,以赤子之心报答学校

2019 年寒假,赵昊得知了自己获奖的消息。“我当时很惊喜,马上就告诉了我的导师。”他回忆道。但快乐只持续了 1 天左右,赵昊很快就投入了新学期忙碌的工作中。

此次赵昊的获奖,对于提升中国考古学在世界范围内的影响力具有重要意义。其论文在方法和视角上的创新性,也表明中国考古学的精细化研究方向开始被世界学术界所关注。尽管赵昊是美国考古学会(SAA)成立以来首次获此殊荣的中国学者,但他认为这只是“一篇普通的博士论文”。赵昊说,“进行研究和撰写论文,是每一位博士理所应当的职责”,他只将这次获奖看作同行对他工作的认可。

中学时代,赵昊就痴迷于历史和地理,因此,上大学时他毫不犹豫地选择了考古专业。十几年来,他一直通过考古同古人对话。2017 年 7 月,赵昊来到郑州大学历史学院,刚结束学生身份的他,想尽力做好一名教师。他说:“我会尽量模仿我的导师,为同学们树立一个标杆。”

近年来,在学校的大力支持下,郑州大学历史学院引育并举,致力于打造有中原历史文化教学研究特色的国际化师资队伍,依托郑州大学青年学者国际论坛,以及讲座教授、拔尖博士等政策,面向全球招聘优秀人才。2017 年以来,历史学院引进优秀博士毕业生 10 人,其中赵昊老师就是首批被引进的拔尖博士。

值得一提的是,历史学院考古学科建设成果显著。历史学院考古学科在第四轮学科评估中位列“B+”等次,是郑州大学重点建设的“冲 A 学科”。历史学院与洛阳文物考古研究院合作的“洛阳东汉帝陵考古调查与发掘”项目入选 2017 年“全国十大考古发现”,主持发掘的河南荥阳官庄遗址3次入选“河南省五大考古新发现”,2次入围“全国十大考古新发现”。社会服务方面,历史学院以考古学科为牵头学科组建文化旅游产业学科群,对接地方旅游产业发展。承担了“河南大运河文化保护传承利用实施规划”等重大项目,承担文物保护项目、文化旅游规划项目等60余项,经费达3 000余万元。

赵昊表示,来到历史学院是一种幸运,他会做好教学和科研工作,以执着的情怀、勤奋的工作来回报学校的信任与支持。

(学生记者　吕舜　许何樱子　撰稿)

“智造”上演“机器人总动员”

——记郑州大学信息工程学院智能机器人创新训练基地

5月18日,2019亚太机器人世界杯天津国际邀请赛落下帷幕,郑州大学派出的代表队获得了RoboCup@Home项目冠军和机器人足球标准平台项目亚军,创造了郑州大学在此项比赛中的历史最好成绩。此次获奖的两个团队都来自郑州大学信息工程学院智能机器人创新训练基地。

随着信息化与工业化的不断融合,以智能机器人科技为代表的智能产业正蓬勃兴起。2009年,为了进一步提高学生科学研究、创新创业的能力,我校信息工程学院成立了智能机器人创新训练基地(以下简称“基地”),面向全校本科生选拔优秀科创人才。基地全年开放,为学生开展科创项目提供场地、设备、培训课程及研发资金,并为参加科技竞赛的学生提供参赛费。每年有来自全校10余个理工科院(系)的150名学生在此学习、训练、实践和参加竞赛。

基地现设有水下机器人实验室、服务机器人实验室、双足机器人实验室、仿真机器人实验室和竞技机器人实验室,获得国家级以上科技竞赛一等奖、金奖100余项,拥有国家专利60余项,完成国家级、省部级和校级创新创业项目200余项,培养出一大批获得“宝钢教育奖”优秀学生特等奖、“河南省最美大学生”、全国“十佳创新之星——iCAN创业之星”等荣誉的优秀学子,已成为我校本科生科技创新工作的一面旗帜。“在创新创业中增长智慧才干,在艰苦奋斗中锤炼意志品质。”基地内,习近平总书记的殷切寄语条幅悬挂在醒目位置,也深深印刻在每个机器人实验室成员的心中。

团结协作,共创荣誉

2019 RoboCup 机器人世界杯中国赛家庭组冠军,2018 中国机器人大赛水下巡游项目、家庭服务机器人非限制项目双冠军,2017 年国际丝绸之路机器人创意大赛特等奖,2017 年中国工程师机器人大赛暨国际公开赛竞技体操项目规定动作一等奖,2016 年中国工程机器人大赛暨中国公开赛双足竞步项目交叉足一等奖,2015 年中国机器人大赛暨 RoboCup 公开赛水下对抗组冠军……基地实验室的桌子上摆满了一排排奖杯、一张张证书,彰显着郑州大学在智能机器人科研创新方面取得的丰硕成果。

基地的科研工作涉及电子信息、自动控制、机械工程、传感器与测试技术、计算机硬件及软件、人工智能等多个学科,因此,学科交叉、知识融合、技术集成是这里日常工作的一大特征。这一特征要求每位成员都要不断提高自身的综合素质,努力成长为一专多长的复合型人才。

为了解决一个难题,需要来自各个专业的成员运用各自所学相互配合、共同钻研,在这种交流与碰撞中,成员们难免会遇到各种各样的问题。由于基地历来就有良好的沟通合作机制,同时注重成员的综合能力培养,所以成员之间相互信任、相互帮助,整个团队拧成一股绳,在困难面前能够充分发挥集体的智慧和力量,攻克一个又一个技术难关。

双足机器人实验室包括体操组、NAO 机器人组、篮球组、交叉窄足组 4 个组别。4 月17 日,实验室成员代表学校参加了 RoboCup 机器人世界杯中国赛足球机器人—标准平台组的比赛,这是我校首次参加该项目的比赛。根据比赛规则,赛场上每个机器人队员的“大脑”都需要与身体各个关节、其他 4 个机器人队员以及裁判机器人之间时刻保持通信畅通,否则就会被红牌罚下。针对这个问题,2016 级的王政乔和成员们用一个月的时间开发了适用于 NAO 机器人的多线程通信技术,为赛场上机器人之间的信息畅通提供了稳定保障。之后,实验室成员优化了 NAO 机器人的视觉识别系统,有效提升了机器人的识别能力。最终,我校获得了季军的好成绩,在此项比赛中实现了零的突破。

竞技机器人实验室设计的“神象”擂台机器人，在比赛中可以利用机身上的传感器采集并记录周围环境的状态，实现自主调节和控制，迅速而精准地攻击对方机器人。在设计实验时，经常出现机器人无法在规定距离内检测到对方机器人的问题。这时，成员们就需要从机械设计、传感器状态、通信系统、编程算法等方面来检测并查找出问题所在，过程烦琐，工作量巨大，但成员们分工协作、耐心排查，及时发现并解决了问题。最终，“神象”系列机器人在2017年、2018年连续两年斩获中国机器人大赛一等奖。

创新基地师生细心调试服务机器人

传承创新，人才辈出

已经走过10年历程的智能机器人创新训练基地，在持续不断的技术传承和经验积累中发展壮大，如今已经成为培养青年科技人才的摇篮。一批又一批优秀学子“站在巨人的肩膀上”开拓创新、奋勇前行，取得了一个又一个耀眼的成绩：“第十四届中国大学生年度人物”王凯甬、2018年度“宝钢教育奖”优秀学生特等奖获得者曹朝阳、2017年度“宝钢教育奖”优秀学生特等奖获得者赵健壮、第一届“河南省最美大学生”闫畅、郑州市易酷航空科技有限公司总经理段向南……这些优秀的郑大学子都曾在智能机器人创新基地进行学习、科研和实践，他们所参加的每一次比赛、捧回的每一座奖杯，都是基地人才培养质量的有力证明。

基地的5个实验室每年面向大一学生招新，为实验室增添新生力量。换届时，学长学姐会将已经完成的程序、往年的比赛视频等资料交接给学弟学妹，并将编程技巧、参赛要点、团队协作等经验传授给他们。“这些知识和经验都是宝贵的财富，也是我们继续前进的动力和基础，我们在传承中创新，在创新中发展。”竞技机器人实验室的李翔说。最近，李翔和实验室成员正忙于对上一代机器人进行红外传感器识别等方面的改造,备战2019年河南省第六届大学生机器人竞赛。

服务机器人实验室建于2013年,由2013级学生组成的第一批团队完成基础建设工作,2015级学生组成的第二批团队在此基础上开发出了手语识别和语音交互等机器人应用程序,2016级学生组成的第三批团队将该应用程序从Windows操作系统移植到了Ubuntu系统中,不仅实现了自主导航功能,而且还为机器人加入了人脸识别、物体识别等新的应用程序。在参加2018中国机器人大赛家庭服务机器人非限定项目时,15位评委中的13位都给我校服务机器人打出了最高分,我校代表队以压倒性的优势获得了该项目的冠军;在2019亚太机器人世界杯天津国际邀请赛中,我校服务机器人更是战胜了来自日本的上届冠军队,成为新一届的冠军。

团队文化的传承不仅体现在科学技术的积累和发展上,更体现在科研精神的继承和发扬上。2018年7月,正值暑假,基地实验室里依然忙得热火朝天,此时距离中国机器人大赛仅剩一个月的时间。在水下机器人实验室里,王凯甬、杨轩轩等2016级成员用防水螺丝、垫圈、卡夫特胶等材料对机器人全身进行了防水处理,整个过程花费了近10个小时。但在下水调试时,一块控制机器人姿态的电子芯片模块却失灵了。为了节省时间,2016级学长带着游韩、金仁标、张家海等2017级学弟通宵工作,白天下水调试,晚上拆机维修电子模块,然后重新装机并做防水处理,第二天再下水调试。经过三天三夜的持续奋战,出现问题的电子芯片模块终于恢复了正常工作。“学长们带着我们通宵工作,确实很累,但我们学到了软件测试、防水处理等专业技术知识,而且更加坚定了致力于机器人创新研究的决心。”游韩说。

严肃活泼,苦中作乐

每个实验室都对成员进行了分组,如机械组、控制组、视觉组等组别,这些组别之间既有分工又有合作,建立了畅通高效的协同机制。在各个实验室、各个组别之间频繁的互动互助中,整个基地形成了一种既紧张又有序,既严肃又活泼的良好氛围。

在双足机器人实验室,成员们每周都会抽出时间进行一次集体学习,共同探讨关于机械设计和控制通信的科研难题。2017级的陆森想要参加2018年iCAN国际创新创业大赛,但是始终无法攻克汽车防落水装置项目的控制系统编程难题。得知此事,擅长编程的王政乔给她提供了帮助。陆淼说:“学长帮我解决了项目中最关键的难题,整个实验室都是如此,不管谁遇到困难,其他成员都会及时给予帮助。”最终,陆淼的汽车防落水装置项目获得了2018年第十二届iCAN国际创新创业大赛中国总决赛三等奖。

2018年8月,为了模拟中国机器人大赛的比赛环境,服务机器人实验室的成员用40多块大号挡板搭建了一个仿真比赛场地,并进行了赛前测试。测试需要花费一整天的时间,到了下午,大家的腿就像灌了铅一样。赛前准备的过程虽然辛苦,但大家却苦中作乐,始终保持着乐观精神。编程时,擅长做代码注释的苏帅经常编出一些表情符号来调节氛围,成员们看到屏幕中突然蹦出一个笑脸或者一串“666”,会感到一阵轻松愉快。这些小玩笑为单调枯燥的工作增添了几分乐趣。

5个实验室既相互独立,又保持着密切的交流。双足实验室和仿真实验室都有篮球机器人项目,不同的是,双足实验室是制作实物篮球机器人,仿真实验室是在电脑上模拟仿真机器人篮球赛。两个实验室的成员时常就姿态控制和通信机制等方面的技术细节进行探讨。当某个实验室暂时缺少材料和工具的时候,就会向其他实验室借用杜邦线、线圈、螺丝刀等工具。各个实验室既有明确分工,又是一个不可分割的整体。

智能机器人创新训练基地主任、信息工程学院张大伟老师说:“一直以来,学生处、教务处、校团委、就业创业指导服务中心等学校相关职能部门以及信息工程学院,对智能机器人创新训练基地的工作高度重视,在人才、技术、资金等方面为创新基地的科研工作给予了很大支持,为实验室成员的科研工作提供了支持和保障。”

未来,智能机器人创新基地的成员们将继续秉承“求是　担当”的校训精神,在机器人研制与开发的道路上凝心聚力、锐意创新,用“智造”为学校一流大学建设增光添彩、为建设世界科技强国贡献青春智慧和力量!

(学生记者　田鑫宇　董帆　撰稿)

携手逐梦人
励志绘青春

——记电气工程学院“学霸”寝室全体成员保研考研成功

据教育部公布的数据,2019 年全国硕士研究生招生考试报名人数史无前例地达到 290 万人,创恢复研究生教育 40 年来的最高纪录,相比 2018 年增加了 37 万人,增幅为 18.4%,堪称“史上最难考研季”。虽然面临着巨大的压力,但住在柳园 21 号楼 602 寝室的郑州大学电气工程学院 2015 级的 4 名本科生却突出重围,在保研、考研的激烈竞争中成为佼佼者——李浩被保送至中国运载火箭技术研究院攻读硕士研究生,林辉义考取了浙江大学硕士研究生,林永耀、高俊峰分别考取了厦门大学和重庆大学的硕士研究生。

电气工程学院“学霸”寝室室友毕业合影

“我们的寝室生活就像一杯白开水，既不甜也不刺激，却透明而平静，是最解渴的生活‘必需品’。”李浩调侃道。在如“白开水”一般平淡而温暖的相处中，寝室4人潜移默化地影响着彼此，最终也成就了彼此。他们从不认为自己是有天赋的“学霸”，而只是一群志同道合的同路人凑巧碰到了一起，在爬坡过坎的过程中互相扶持，携手共进。

4位同学分别来自辽宁、浙江、福建和河南，从北至南，跨越上千公里，地域、语言和生活习惯的差异却并未让他们产生隔阂，相反，他们在性格上很合拍，相处得非常融洽。在日常生活中，不管谁遇到困难，其他人都会主动热心地提供帮助，形成了“比学赶帮”、共同进步的良好氛围。

“努力，真的可以逆风翻盘”

2015年，踩着分数线考入郑大的李浩，发现身边同学的入学分数很多都比他高，这使他感到了一种无形的压力。为了不让自己成为班里的“吊车尾”，一入学，他就把学习作为大学生活的首要目标，希望通过自己的勤奋和坚持来保证成绩不掉队。

经过一年多的努力，他不仅没有成为“吊车尾”，而且成绩还超出预期。在李浩刚想松一口气的时候，却发现自己的成绩离获得推免资格的分数只差那么一点点。这让李浩的心情又紧绷了起来，但也因此获得了新的动力。他为自己立下了一个更高的目标——争取获得推免生资格。为了不给自己任何懒惰和松懈的机会，他暗自做了一个“不留后路”的决定：如果保研不成功，就去就业，不参加考研。他知道，只有这样，才能让自己全身心地投入，激发出最大的潜能。

每次考试前，李浩都以满绩点为目标来备考，吃透每一道题，学懂每一个知识点，不放过任何一个学习和探索的机会。“如果把目标定到100分，我也许能考到90分，但如果把目标降到90分，我也许只能考到80分。”李浩说。正如《孙子兵法》所云：“求其上，得其中；求其中，得其下；求其下，必败。”这就是李浩一直秉持的原则，设定高目标、高要求，并尽己所能地去实现它。他坚持不懈的付出终于收获了令人欣喜的结果。凭借名列前茅的成绩，李浩获得了院（系）的推免生资格，成功被保送至中国运载火箭技术研究院攻读硕士研究生。“时间向我证明：努力，真的可以逆风翻盘！”感慨万千的李浩在朋友圈里写下了这句励志的话。

“把南墙撞碎了继续往前走”

听着室友李浩时不时地“播报”着自己的保研目标进展，林辉义和林永耀也随之确立了考研的志向，并制订了非常详尽的计划。在其他3位室友的带动下，一向淡定的高俊峰也开始天天趴在床上念叨各个名校的名字，最终也加入了“考研大军”。只要有一个人带起头来，其他人就会迅速跟进，这种不甘落后的上进心、超强的行动力是寝室4人共同的性格特点。也正因如此，他们才成了志同道合的好朋友。

说起林辉义，室友都称他为“考研大神”，因为他是近3年来郑州大学自动化专业唯一一位考取浙江大学硕士研究生的学生。当初林辉义选择报考浙大时，所有人都替他捏了一把汗。室友们认为他做了相当冒险的决定，但同时也非常佩服他的勇气和决心。“他就是这样一个人，不撞南墙不回头，就算撞了，也要把南墙撞碎了继续往前走。”李浩笑道。

对待学习，林辉义有自己的方法和节奏。理工科的课程知识串联非常紧密，前面讲到的内容后面还会被提及，因此及时复习很有必要。每过一段时间，他就把学过的知识温习一遍，并在书上做满笔记。考研复习是一场持久战，林辉义是一个很有耐力的备考者。他要求自己每天或多或少都要学点知识，这样才能够保持学习的状态。

“这谁扛得住？”是602寝室的口头禅，但真正遇到困难时，他们却个个都是“能扛的人”。要想在这场激烈的考研之战中坚持下来，除了要有坚定的信念，还要有平和的心态。临考前，林永耀对自己的复习情况并不满意，认为自己没有熟练地掌握知识要点；林辉义参加完数学科目考试后，感觉很多题都拿不准答案。但他们都没有在考前退缩，更没有中途弃考。“如果临阵放弃，一定考不上；如果咬牙坚持，说不定还有一线希望。所以不如放松心态，一拼到底！”林永耀说。

“602 是一个闪着光的地方”

平时，李浩和林辉义常常为一道题争得不可开交，势必要把对方说服。如果争论无果，他们便去请教隔壁寝室的“学霸”。对于不明白的问题或知识点，两人想尽办法寻找答案，一个一个攻克难点。得益于此，他们的思维变得更加开阔，对知识的理解更加透彻，大三时，寝室全员都获得了奖学金。

临近期末考试的夜晚，寝室里亮着 4 盏台灯，每个人都坐在书桌前埋头复习，房间里只有笔尖划过纸张的“沙沙”声。有时候，其中一人提出一个问题，全寝室立刻参与讨论，进行激烈的脑力碰撞，在分享和争论的过程中，既厘清了思路，又增长了知识，讨论结束后，大家又继续投入安静的复习中。

在一次次的争论、陪伴和相互帮助的过程中，寝室 4 人的感情日益加深，虽然他们不善表达，但彼此之间却建立起了深厚的“革命情感”。“对我而言，602 是一个闪着光的地方。”李浩说，“非常怀念大家聚在一起讨论的场景，以后很难再有这样的美好时光了。”大学四年，全寝室为了各自的目标而共同努力，那段平凡却也不平凡的学习生活，已经成为他们人生经历中重要的一部分，不仅成就了他们的现在，也将伴随他们走向未来。

除了读研，602 寝室最常讨论的话题是对未来的畅想。他们会谈论研究生毕业后的人生规划，谈论将来从事的工作，谈论以后的研究方向。“聊未来，能够给学习提供强大的动力。”林辉义说，“既然还有那么多的事情等着我们去完成，现在又有什么理由不努力呢?”

毕业季即将来临，从天南海北相聚于郑大的 4 位“学霸”将要开启崭新的人生旅程。虽然前路漫漫，但他们将一如既往地坚定而执着，心中有梦想，脚下有力量，与更多的同路人一起，逐梦踏星辰，励志绘青春。

（学生记者　董帆　冯雪　马青越　赵心晔　撰稿）

归乡反哺奔波教学一线 致力科创引领学科建设

——记“河南青年五四奖章”获得者梁静教授

2019 年是“五四运动”爆发 100 周年。为继承和发扬五四精神，集中展现广大青年学习贯彻习近平总书记新时代中国特色社会主义思想和党的十九大精神，共青团河南省委、河南省青年联合会决定授予 30 名同志第 23 届“河南青年五四奖章”，郑州大学电气工程学院梁静教授位列其中。

“河南青年五四奖章”获得者梁静教授

作为科研工作者，她发表了上百篇优秀学术论文，获得了IEEE（国际电气和电子工程师协会）计算智能学会优秀博士论文奖；作为青年博士生导师，她的教学事迹被多次报道，并指导学生获得了“华为杯”中国研究生数学建模竞赛一等奖等多项奖项；作为良师益友，她积极组织多场国际竞赛，成立了IEEE郑州大学学生分会，并极力倡导学生参加……有人说，科研也要动真情，教学更要重实践。位列学术前沿、奔波于教育一线的梁静可谓把这两点做到了极致，一直以来她坚守本心，勤恳耕耘，势必要活出生命最美的姿态。

潜心科创，助力郑大学科建设

2003年，作为哈尔滨工业大学应届毕业生的梁静面临着学业发展道路的选择。为了实现高校任教的梦想，她放弃了保研名额，凭借优异成绩拿到了新加坡南洋理工大学的入学通知书及全额奖学金，开始了读博生涯。

与国内读博不同的是，新加坡高校会在第一年对博士生进行有关研究能力的考核，考核合格才有资格继续学业。为努力做出科研成果，梁静除周末去采购生活用品外，其他时候会一直待在实验室，不分昼夜，潜心钻研。对她来说，科研永远是进行时。如今，即使已获得博士学位并在郑州大学担任教授的梁静在计算智能领域收获累累硕果，但她依然坚持不懈地学习专业知识，在实验室强化动手实践。“我要做有价值的工作，从纵向理论研究和横向实际应用中，把自己的领域做好，把事情做扎实，做出对社会经济发展有益的成果！”眼神中泛着光芒的梁静教授坚定地说道。

求学深造，用努力与坚持提升核心竞争力；归乡反哺，以专业与热忱影响脚下方寸地。多年来，研究所斩获的亮眼成绩，足以为梁静在职业发展道路上铺设下康庄大道。可梁静对祖国归心似箭，刚完成博士学业，她便主动放弃国外优厚待遇回到家乡，投身河南行业发展与郑州大学学科建设中去。

在图书馆的提议与学校的支持下，作为IEEE成员的梁静着手建立IEEE郑州大学学生分会，并担任指导老师。在选拔了20名综合素质优秀的学生后，IEEE郑州大学学生分会（以下简称分会）正式成立。通过梁静的不断打磨，分会逐渐壮大和发展起来。此后，分会以社团形式每年吸纳新的会员，逐渐形成“核心成员+外围成员”模式。如今,分会活跃着约200名成员,更有留学生参与其中。在梁静的努力下,分会举办了形式多样、丰富多彩的活动,更在2017年斩获“年度最佳学生分会奖”。

该分会的成功,也让郑州大学在计算智能领域崭露头角。在外出报告会中标注郑大logo、在校内组织一些会议、邀请国外专家来校做报告……国内外越来越多的专家学者听见了可贵的郑大之声,郑州大学的知名度也在逐渐提高。

课堂丰富,多元教学促学生成长

2009年,28岁的梁静刚刚博士毕业,便选择来到郑州大学任教。教课之初,梁静不仅要给在校学生讲课,还负责为一些较为年长的在职人员授课,这让缺少教学经验的她略感压力。知晓不足后,梁静决心改变现状。对于不熟悉的课程内容,梁静会用大量时间备课,力求尽善尽美。为确保课堂的充实性,除了院里安排的课程外,她还会主动听取其他专家的报告,将优质内容带入自己的课堂,让学生最大程度地学到知识。

不单单只是讲授书本上的专业知识,梁静也会聚焦领域内最新的信息,讲解一些学术的研究思路,教学生们如何写论文、做科研,并且把更多维度的知识与课程结合起来。她会经常带着学生出去参加会议,通过观摩别人如何工作,培养学生的逻辑与发散思维;此外,通过与其他学校的老师同学交流学习,也让学生更清晰地认识到自身的不足与差距,激励着他们寻找方向,奋起直追。

另外,梁静会在课堂上做实验,来增强学生们的动手实践能力,并鼓励学生自己看资料、上台讲课,以此来提高课堂的活跃度。课下,她也会鼓励学生们去实验室工作,督促他们打卡英语单词,为出国进修做铺垫……在不断的摸索与学习过程中,梁静的教学经验不断丰富,课堂进程更加流畅,教学模式也渐趋多元化。值得一提的是,在2019年,一批留学生进入了梁静的课堂,她便开始尝试进行全英文教学,让课堂形式更加多姿多彩。

除了大学教授的身份,梁静同时也是一位博士生导师。从大学教授到博士生导师,身份的转变也给她带来了一些压力与挑战:大学生学习的是较为零散的知识点,博士生学习的则是更加系统和全面化的知识体系。因此,如何帮助博士生建立知识体系,怎样使博士生的研究更加有层次、更加有深度,成为梁静经常思考的问题。为解决这些问题,梁静充分利用自己的资源,将尖端科研成果展示给学生们,带博士生听报告、做科研、近距离与国内外专家交流等。在她的帮助下,一些博士生有能力在Top期刊发表论文,取得更高的成就。

善于规划,懂工作更会生活

SCI一区期刊IEEE Transaction on Evolutionary Computation、IEEE Computational Intelligence Magazine、Swarm and Evolutionary Computation副总编,郑州大学学报(工学版)副主编,10余个国际期刊的评审专家……多重身份给梁静带来光环的同时,也给她带来了巨大的工作量。但梁静并不为之困扰,她有一个自己专属的安排时间的方法。“本科答辩PPT”“染色体进度跟踪”“6.27人工智能讲座”……像这样,梁静把重要日程列在本子上提醒自己,根据事情的重要程度来规划行程,对于某些重大学术研究会议,梁静会提前半年甚至一年便做出安排。她表示,懂规划才会提高学习和工作的效率。

勤恳、专注、认真,这是梁静从小到大一贯遵守的准则。无论是上学还是工作,梁静都会自觉坚持做读书笔记,家里的专业书籍笔记已经积累到近10本,均被有序地排列在书架上。在她看来,这种自主自觉性与家庭环境有着一定的关系。“我小时候的家庭教育属于放养型,但我喜欢主动学习。也正是这种宽松的环境才培养了我管理时间的能力,增强了我的自觉性,这对我的人生有很大帮助。”梁静这样说起她习惯的养成。

对待学习毫不松懈,对待工作严谨认真。但就是这位典型的“工科女博士”,在日常生活中却更像是一位活泼可爱的邻家朋友。长发飘飘、五官柔和、常带笑容,梁静会给人一种如沐春风的感觉。她待人随和,对待学生也是以朋友的姿态。梁静与学生们会经常一起开会、一起学习,也会相约一起烧烤……在学生眼中,她是平易近人、毫无距离感的朋友,因此,她的学生们都亲切地称她为“女神老师”“最美女教授”。

在学习与工作之余,梁静喜欢在空闲时间通过阅读来放松心情,并且坚持运动,培养游泳的兴趣。“我们要拥有一个健康的身体,要成为一个懂生活的人,才能更好地工作。”梁静笑着说道。

(王昕宇　徐杭艳　撰稿)

奋力拼搏展风采
精诚合作创佳绩

——记郑州大学排球队

2019年4月18日至28日，郑州大学排球男队、女队在四川省宜宾市参加了2018—2019 CUVA中国大学生排球联赛（阳光组）的比赛，并双获亚军，实现了河南省高校参加全国三大球比赛的历史性突破。

郑州大学排球队赛后合影

快乐排球一家亲，众人拾柴火焰高

散是满天星，聚是一团火。排球队里的同学来自信息工程学院、物理工程学院、护理学院、医学院等多个学院，对排球的热爱使他们凝聚在一起，而彼此之间的感情更使他们团结一致、相互信赖。

来自医学院的排球女队4号队员张晨萌对排球队有着特殊的感情，她珍惜每一次训练场上的合作互助、珍惜每一次能代表学校比赛的机会。而在这次比赛中，郑大女排们展现出了巨大的拼搏力和凝聚力，两名主力在激烈的角逐中因受伤过重而被迫离场，其他队员也摔出了浑身的黑青。当主力被担架抬下场的时候，台下的伤员哭喊着为队友加油助威，肩负沉重使命的场上每一位队员都在强忍泪水，竭尽全力，绝不服输。正是这种对队伍难以割舍的感情，支撑着女排挺进了决赛。“在团队精神的引领下，这些姑娘体现出了极其强大的拼搏精神。”想到这种情况，王鑫老师动容地说道。

“谁能放下自我，谁能在赛场上甩掉包袱，谁就能赢得比赛。”队员李柏毅说。郑州大学男甲排球队一直保持着良好的身体素质和团队协作能力。在去年夺得季军之后，男排对自己提出了更高的“保三争一”的目标。为了完成对自己的超越，比赛前期的一次次锻炼、一次次调整，队员们都承担着巨大的身体和心理压力。“如果我们能更快调整好心态，进入状态，比赛的结果可能会更好。”对于此次比赛未能夺冠，李柏毅遗憾地说道。

排球队赛时争锋

男排主教练王鑫非常重视学生的心理建设，在平常训练过程中，就给学生传输“快乐排球”的心态。他提出的“快乐排球”理念，旨在让每一个对运动有兴趣的学生都有锻炼的机会。王鑫老师认为，对于学生心态的树立，除了日常的开导，其实更重要的是让学生多锻炼、多历练、多打比赛，以赛代练，这种心理建设远胜于单纯的口头教导。从建队以来，他始终贯彻一种宽容的团队氛围，鼓励队员们别怕失败，勇敢前行。“没事儿，再来一次”已成为大家在训练中的口头禅。

实力稳固薪火相传，寓教于乐前景广阔

“朱涵是排球队的一名博士生队员，在队友们眼中，她是精神引导一样的存在，一是经验最为丰富，二是责任担当与奉献精神。”谈到给自己印象最深的队员时，郑州大学体育学院（校本部）党委书记武东晓如是说。

朱涵从不缺席排球队的集训，以身作则。比赛当日，朱涵下课后即刻从郑州乘机赶赴宜宾市，不仅给院系领导和教练留下了深刻的印象，更为学弟学妹们树立了榜样。

队员们优秀的背后也有属于自己的别样故事。其中，男排队长王铮同学就是其中之一。王铮，作为目前就读于产业技术研究院的硕士研究生，在从一个新队员逐渐成长为球队核心的 6 年历程中，他付出了数不清的汗水和泪水，但对排球的热爱从未改变。在内蒙古支教时，他会自己对墙练球保持手感，有时甚至会在周末驱车来回 10 小时，只为打一场心爱的排球。

正是对排球的热爱、对胜利的渴望、对卓越的追求，才集聚起这样一个优秀的团队。赛场上、生活中，队员们的关系既是搭档也是朋友。他们还会通过互相取外号来调侃对方，李柏毅由于其高颜值的外表被同学们称呼为“明星接应”，还有因红头发而被亲切地称呼为“小红”的李雪松……

对于这样一个氛围友好、训练严密、进步迅猛的团队，王鑫教练深感欣慰，但同时他也对队伍的老龄化现象表示担忧。他表示，目前排球队的主力军是大四学生，新生力量薄弱，新老生存在“脱节”现象。为了提升新生力量，排球队举办了多种多样的比赛活动，组织感兴趣的同学参加。这样既能提升排球队的水平，也给排球爱好者提供

了一个交流学习的平台。在各方的努力下,郑大排球队势必像旭日东升的朝阳,薪火相传,再创辉煌。

郑大名片舍我其谁,争创佳绩感念支持

郑州大学排球的优异成绩离不开学校和院系的支持。在政策指引和团队构建上,学校和院系给予了高度重视,从而保障了排球队的持续发展,也使排球队积极向上"快乐排球"的思想导向得以保持。在训练条件方面,学校和院系致力于为排球队提供更好的训练环境,在排球训练馆内安装了空调和直饮水机。

在学校和院系激励下,队员们更加勤勉地提升战术实力和体能素质。他们不畏强手,他们敢于拼搏,他们善于突破。自 2018 年获得参加国家级比赛的机会以来,排球队又一次通过双亚军的成绩为祖国 70 周年华诞献礼,展现了郑大排球队的实力,彰显了"追求卓越"的郑大精神,提升了学校的影响力和知名度,增强了全校师生凝心聚力超越自我的自豪感。

此外,通过开展排球运动,不仅可以带动全体师生的运动热情,还能推广绿色健康的生活方式。于无声中教导同学们感悟排球队"踏实勤奋、坚持不懈""热情不息、奋斗不止"的精神,从而发奋学习,将青春梦融入郑大梦,把郑大梦汇入中国梦,为学校一流大学建设做出自己的贡献,为国家繁荣复兴贡献自己的力量。

郑大排球队组建于 2007 年,多年来参加了多场省级以上的重要赛事,曾获第五届全国大学生阳光排球锦标赛甲组女子季军、男子第四名的成绩。今年又上一层楼,摘得双亚。他们坚信:"求是　担当"赋予郑大人一流建设之使命,"追求卓越"规划郑大人一流建设之路径,这不仅要脚踏实地,更要坚韧不拔。

(学生记者　虞仪　潘欣奕　撰稿)

有温度、有情怀的“平凡之路”

——记信息工程学院田亚岐老师

田亚岐老师在工作

毕业季来临，我校信息工程学院办公楼106办公室比以往更加热闹，前来查询成绩、处理毕业事宜的学生挤满了整个房间。西北角那张不大的办公桌就是田亚岐每天工作的地方，除了1台电脑和1部电话，桌上摆的全是一摞摞的文件。田亚岐接了一杯热水，在办公桌前坐下，打开电脑中的学生成绩表格，一行一行地仔细核对。“田老师，有您的电话。”对桌的吴老师拿起电话递给田老师。“对，那个表格在档案柜里，你直接去拿就行。”田亚岐话音刚落，敲门声又响起：“田老师在吗？我想查查我的分数。”田亚岐一边抬起头示意门口的同学进来，一边马上在桌上的书架中找该生的成绩单。在忙碌的工作中，一上午很快就过去了，桌上那杯热水早已凉透，可田亚岐一口都没顾上喝，他手头的活儿一刻也没有停过。

田亚岐是郑州大学信息工程学院从事教学管理工作的老师，同学们私下里都亲切地称他为“老田”。他1987年来到学校从事行政管理工作，2000年调至信息工程学院教学管理办公室，与其他老师一起负责全院的教学工作。转眼间，田老师在教学管理岗位上已经20个年头了，却依然勤勤恳恳地坚守在一线，将每一位学生放在心上，将每一个细节做到极致，全心全意地为师生做好教学服务，走出了一条有温度、有情怀的“平凡之路”。

“这份工作容不得你不细心”

教学管理工作事务多、任务重，涉及日常教学的方方面面。“教学管理工作关系到正常教学工作能否顺利开展、学生能否顺利毕业等问题，稍有闪失就会造成严重的教学事故，所以这份工作容不得你不细心。”田老师说。教学管理办公室的老师们平时各有分工，田老师负责学生的学籍和成绩管理，包括排课、考试、成绩录入等；遇到紧急任务时，办公室的全体老师会团结协作，共同完成工作。由于扎实的工作作风、出色的工作成绩以及和谐的工作氛围，办公室连续多年获得先进集体荣誉。

学期初和学期末是教学管理办公室最繁忙的时段，新生注册报名、开学返校、补考重修、排课调课、保研推免、期末考试等工作接踵而至，时间紧迫，工作量大。面对繁重的任务，田老师始终高标准地要求自己细心处理每一份文件、准确核实每一个数据，尽全力做到零失误。

每年临近毕业时，田老师都要给毕业生打印成绩单，确保他们能顺利毕业。不久前，他在打印成绩单时，发现 2015 级曾祥佳同学的成绩单上少了一门课的成绩。对此感到疑惑的田老师赶紧找来曾祥佳询问情况，在得知她确实参加了考试并且成绩合格后，田老师立刻到学校教务处进行查询，看学院的教学计划是不是做了更改。经过一番查证，田老师发现教学计划没有问题。最后，他拿着学生的成绩单，与当初考完试系统里录入的成绩进行仔细对比，这才发现曾祥佳有 1 门课有 2 个成绩，而另一门课没有成绩。“当时英语课分为高级班和普通班，应该是 2 个班的英语成绩在二次录入时数据串行了。”曾祥佳回忆说，“多亏田老师细心，及时发现了这个问题，否则缺失成绩的我就得延期毕业，会造成非常大的麻烦。”

修正了曾祥佳的成绩后，田老师敏锐地意识到，可能还有其他学生也存在类似问题，于是便让曾祥佳提醒班里的同学再次核对成绩，果然发现还有一部分学生的成绩也存在疏漏。田老师对他们的成绩逐一进行核对并修正，又仔细检查了一遍所有学生的成绩，并反复确认没有任何问题后，才将成绩单打印出来。

“如果这个问题没有被发现，这些学生有可能无法按时毕业。所以说，这份工作必须要用心，出不得半点差错啊！”提起当时的事，田老师感慨道。

"对待学生要有春风化雨般的宽容心"

"刚到这个工作岗位的时候我很兴奋,对未来的工作充满憧憬。从那时起我就下定决心,一定要立足本职工作,把它当作一项事业来做,努力成为一名受大家喜爱的老师。"田老师说。但随着工作的深入,田老师发现,要想做到让每位学生都满意,除了日常工作中的细心,还需要有足够的爱心、耐心和宽容心。

作为一名管教学的老师,与各式各样的学生打交道是日常工作的一部分。在与人相处的过程中,难免有磕磕绊绊,但田老师都尽己所能地体谅学生,为他们排忧解难。有一次,一位学生前来咨询相关考试事宜,田老师进行了解答,但学生却认为他没有解答清楚,当时有点着急,表达了一些不满情绪。

田老师当下也有点生气,不过他很快就平复了心情,他说:"作为一名老师,我不能像学生一样激动,而是要多站在学生的角度想一想,对待学生要有春风化雨般的宽容心。"田老师先是想办法安抚学生的情绪,然后再一点一点地将学院有关考试的规章制度讲给他听,还举了一些关于规则意识的事例,并积极为他寻找解决问题的办法。一番谈话下来,这位学生不仅认识到遵守规则的重要性,还向田老师表达了真诚的感谢。

面对繁杂而琐碎的工作,田老师坦言偶尔也有内心焦躁的时候,每当这时,他都告诫自己要静下心来。经过这么多年的积淀,田老师觉得自己越来越宽和,对待学生越来越有耐心。"同学们到我这里来咨询的问题,基本上都与考试或者成绩有关,因为这对他们而言很重要。所以,我必须以包容的心态对待学生可能出现的各种情绪,尽量帮助学生解决问题,这样大家才会认可我的工作,我也才能问心无愧。"田老师朴实的话语令人动容。

"老师和学生应该做朋友"

处理工作时,田老师严肃认真、不苟言笑,这让很多初次接触他的学生误以为他不好相处。实际上，生活中的田老师是一个非常随和的人，特别喜欢和学生交朋友。“刚开始接触田老师的时候，我还以为他脾气不太好，所以跟他说话都很小心。”曾祥佳说，“后来接触多了才发现，田老师其实特别亲切，我和同学们私下里都喊他‘老田’。”现在，曾祥佳已经和“老田”成为朋友，每周都会找“老田”交流沟通工作。

在信息工程学院2015级班级微信群里，田老师每周都提醒学生注意考试、重修等事项的报名时间，防止有同学错过机会而无法顺利毕业。遇到问题时，田老师也会第一时间与学生沟通，因为在他看来，学生的事就是最重要的事。田老师一直希望自己能以一个朋友的身份与学生相处：“我觉得学生和老师应该是朋友关系，相互尊重、相互理解、相互支持。学生要主动与老师接触和交流，老师也应当适当放低姿态，融入学生中去。”

许多毕业的校友返校回来总会联系田老师，嘘寒问暖，感激大学期间田老师的关心和帮助。曾有学生留言：“田老师，您在我将要放弃学业的时候批评了我、鼓励了我，是您的鼓励让我重新燃起了对未来的渴望，在未来的日子里，我会加倍努力，做好自己，不仅为了父母、自己，还有您的教导鼓励……”

看着一届又一届的学生成长、成才，田老师欣慰地说：“看着同学们学有所成，走向美好的人生旅程，将来能为社会和国家发展做贡献，我心里很高兴，这么多年的工作是非常值得的！”如今，两鬓斑白的田老师也到了将要退休的年纪，回首在教育战线三十多年的工作经历，其中有苦有累更有无限甘甜，心中有情有爱更有万分不舍。

郑州大学还有成千上万个像田亚岐老师这样兢兢业业、默默耕耘的一线教职工，他们用汗水浇灌栋梁之材、用实干诠释责任与担当，在平凡的工作岗位上谱写出一曲曲不平凡的育人赞歌，用平凡的职业坚守成就了不平凡的事业追求，在平凡的奉献里书写出不平凡的人生华章。他们与一代又一代勤劳智慧的郑大人一起，为建设世界一流大学、为实现中华民族伟大复兴贡献着平凡而又不平凡的“郑大力量”。

（学生记者　王润　谭菁琳　樊宇浩　撰稿）

探寻汉字奥秘 传承文化基因

——记文学院李运富教授

李运富教授演讲中

“汉字学”也称“文字学”,是汉语言文字学的一个分支学科。自东汉许慎在《说文解字》中系统分析汉字形体结构以来,汉字研究就未曾中断。进入新时代,国家对继承和弘扬传统文化高度重视。汉字学,特别是古文字学,作为传统文化的重要部分,也迎来了学术发展的新机遇。河南是汉字发源地,具有丰富的汉字文化资源和悠久的汉字研究传统,在探寻汉字奥秘、传承文化基因方面责无旁贷。正是出于这样的历史使命感,我校特聘教授李运富在学校领导支持下,于2016年9月创建了“郑州大学汉字文明研究中心”,经过近3年的建设,又以此为基础,在2019年5月成立了教育部、国家语委科研平台“汉字文明传承传播与教育研究中心”。

李运富不仅担任这两个中心的主任,还是教育部长江学者特聘教授、《汉字汉语研究》主编,并兼任国家社科基金评委、教育部高校中文专业教指委委员、全国人大立法用语规范化专家咨询委员会委员、中国语言学会常务理事、中国文字学会常务理事等社会职务。

笃志于学　不懈探索

1993年，李运富考入北京师范大学，攻读汉语言文字学博士学位，所作博士论文题为《楚国简帛文字构形系统研究》，从此与汉字结下不解之缘。“汉字不仅是文化的载体，本身也是中华文化的组成部分，汉字的构造、演变、书写、使用都是文化的表现。我们要继承优秀传统文化，就离不开汉字，因为汉字是中华文化的基因。”李运富说。

在书海里拾贝，在学术中撷英，李运富笃志于学，在文字学的学术道路上不懈探索。在学习探索阶段，李运富广泛涉猎各种知识，不断完善知识结构。他说：“我们搞语言文字学研究，不能只搞一个方面，要在广博的基础上突出自己的主要方向。”李运富的治学先后涉及语法学、词汇学、训诂学、修辞学、出土文献与古文字学、汉字学等多个领域，并努力将不同的学科知识融会贯通，从而为他的汉字学研究奠定了扎实的基础。怀着对汉字的热爱与传承中华优秀传统文化的责任感，李运富孜孜以求，不惧艰难。1995—1996年写作博士论文时，大量古文字字形无法用电脑录入和输出，李运富便学习相关软件用电脑自己造字。当时的造字系统功能有限，操作极为不便，他日夜奋战几个月，在电脑字库里造出3 000多个古文字字形，并手工摹写出大量无法隶定的字形。对李运富而言，紧张忙碌的研究生活已是常态：没有轻松的假期，工作常至深夜两三点。“一年365天，除了吃饭睡觉，其他时间基本都花在学术研究上。”李运富平静地说。

理论创新　自成一家

李运富的汉字学研究重在理论建设。从20世纪90年代开始，他便自觉地从“形体、结构、职用”三维视角分析汉字学基本理论问题，进而提出“汉字学三平面理论”。李运富认为已有的汉字学体系要么包含本属于语言学的“音”“义”系统，内容失于庞杂；要么只研究“形”，刻意剥离语言因素，内容失于贫乏。因此，他提出汉字的本体属性应该从外部形态、内部构意和使用职能三个维度来考察，考察结果可以分别形成汉字形体系统、汉字结构系统和汉字职用系统，三者分立而不分离，从而构成立体的汉字学新体系。他把这个思路和体系称为“汉字学三平面理论”。

汉字的形体系统、结构系统、职用系统，“这三个平面不是并列关系，也不是层叠关系，而是汉字属性的三维视角”，李运富解释说。研究“形体”着眼于汉字外形，要分析汉字的书写单位及组构模式，要辨析形体的异同关系及演变过程。研究“结构”则重在分析汉字的构形理据，包括构件功能、功能组合关系、结构类型演变等。汉字的职用丰富多彩，使用中的字词关系非常复杂，所以李运富将“职用”的研究作为“汉字学三平面理论”的重点。“面对复杂的汉字使用现象，我们必须有理论来描述和解释。”“汉字学三平面理论”将汉字的不同属性现象分别放在相应的学术系统中讨论，有效避免了把不同平面可以兼容的问题拉到同一平面进行对立争议的现象，大大提高了汉字理论的可解释性。“汉字学三平面理论”不仅在国内学术界产生了广泛影响，而且有关著作被翻译成英文、韩文、越南文、德文等在国外出版和传播。

李运富教授部分著作

传播传承　成果丰硕

李运富还非常重视汉字文化的传播，积极倡导“跨文化汉字研究”，用学术方式推动不同文化的交流互鉴。在他的倡议和组织下，首届跨文化汉字国际研讨会 2018 年在郑州成功举办，10 多个国家和地区的 150 多位学者出席会议，20 多家汉字研究单位组成“跨文化汉字研究国际联盟”，李运富成为联盟首届召集人。

2019 年 5 月，李运富又被拥有 400 多位会员的东亚文化交涉学会推举为副会长，并计划于 2020 年 5 月在郑州大学主持召开东亚文化交涉学会第十二届年会。

作为教育部、国家语委科研平台的“汉字文明传承传播与教育研究中心”成立以后，李运富感觉责任更重了，他希望立足河南丰富的汉字文化资源，通过这个平台从实践层面检验“汉字学三平面理论”的科学性和有效性，同时主动对接国家的语言文字建设事业，提供理论和调研多方面的服务，把中心建设成学术型兼智库型的实体。

他将汉字文明的“传承”“传播”与“教育”确定为该中心的3个主要研究方向，团队成员围绕这3个方向目前正在进行的各种项目有10多项，其中国家级重大项目3项。随着前期项目的结项和新项目的推进，中心已经产出和年度内将要产出大批标志性成果，如他主编的《汉字文明研究成果系列》（已出版6种）、《甲骨春秋——纪念甲骨文发现120周年》、《〈古今字〉学术史丛书》（8种）、《清代〈说文解字〉研究稿抄本丛刊》（20种）、《洛阳金石文字博物馆藏魏晋砖瓦文字辑录》（2种）等。这些成果对传承汉字文明、传播汉字文化、培育汉字素养、研究汉字学术、集聚汉字资源有着重要的意义，部分成果入选国家“十三五”重点图书出版规划，并获得国家出版基金资助。

未来，李运富将继续带领研究中心发掘河南地方特色，坚持国家高度，开拓国际视野，助力中华传统文化的传承与发展。

培养人才　不遗余力

李运富注重培养人才，对学生多有提携和扶助。在学术研究上，他对后辈的请教有问必答，从不吝啬传授自己的治学经验。著书立说也时常将具有方法论意义的学术心得和盘托出，细致耐心地引导后学者。

“在中国历史上，相传创造八卦符号的伏羲、创造文字符号的仓颉都生活在中原地区，第一个研究汉字形义系统的许慎是河南人，第一个系统整理小篆字体的李斯是河南人，还有汉字教科书的编写、汉字规范工作的开展、汉字书法艺术的形成等，都肇始于河南。”李运富感慨道。所以在河南构建汉字文明高地，培养更多的汉字学人才，是李运富的最大心愿。李运富认为，中华民族使用汉字历经数千年，不仅衍生了种种与汉字密切相关的文化现象，国人的思维方式和言行品格也都受到汉字的影响，因而传承汉字文明是义不容辞的责任，而人才培养是汉字文明得以传承的保障。他希望有更多的学生喜爱汉字，投身汉字学领域，特别是像甲骨文、金文等“具有重要文化价值和传承意义的‘绝学’‘冷门’学科”，响应习近平主席“要重视这些学科”的号召，为继承“绝学”和发展“冷门”学科做出贡献。

（学生记者　高源璞　李萌如　撰稿）

新生大数据：上演真人版“连连看”

——记 2019 级三对双胞胎新生

一对男双胞胎，一对女双胞胎，一对龙凤胎，在 2019 年郑州大学录取的 11 816 位本科生中，共有 3 对双胞胎同时被郑大录取，其中有 2 对甚至被同一学院录取，堪比真人版“连连看”。从前他们相知相伴，从未缺席过对方的成长，现在也将继续携手，在郑州大学开启人生的又一新阶段。

“我们连梦境都会重合”

双胞胎李寒冰和李寒雪

在郑大音乐学院的3楼琴房里，李寒冰和李寒雪坐在一架黑色的钢琴前，四手联弹下呈现的曲子如同一人弹奏那般和谐，行云流水，默契非常。

李寒冰和李寒雪来自河南平顶山，十多年前，姐妹俩在一次看电视时被钢琴吸引了目光，从此与钢琴结下了不可分离的缘分。就这样，与大多数琴童一样，李寒冰和李寒雪开始了寒暑假也不停练琴的日子。姐妹俩以2小时为单位，轮流练琴，这也使她们的钢琴损耗要比一般情况下大很多。"我们家钢琴踏板后面的布已经换了好几次，都是被我们练烂的。"李寒雪说。

面对时而枯燥的钢琴生涯，姐妹俩坦言都曾想过放弃，甚至还有过想砸琴的冲动。"我们俩想放弃的时候都几乎是同时的"，李寒冰笑着说，"想放弃的时候我们就会一起去看那些音乐大师的视频，然后激励自己坚持下去。"

统考成绩公布的那天，李寒雪担心自己发挥得不够好而不敢查成绩，便让李寒冰替自己查。"156分，跟我分数一样啊。"听到李寒冰的这句话，李寒雪高兴得跳了起来。最终，姐妹俩以一模一样的统考成绩和相差不大的文化课成绩一起进入了郑州大学音乐学院。

姐姐长发，妹妹短发；姐姐喜欢裙子，妹妹穿衣中性；姐姐性格更沉稳，妹妹性格更活泼……姐妹俩虽然有很多不同，但却有着特别的"心灵感应"。对她们来说，在姐姐哼歌时妹妹感叹"我刚刚心里也在想这首歌"已经是一种常态，两人甚至还会做一模一样的梦。"真的很神奇，我梦见我拉着我姐跑，我姐在同一场景梦见她拉着我跑。"李寒雪说。

展望大学四年的生活，她们表示还是会把专业学习放在第一位。李寒雪说："钢琴一天不练都不行，不然就觉得自己懈怠了。"此外，姐妹俩还计划在大学提高自己的英语水平，充分提升自己。

"愿我的世界总有你二分之一"

2019年7月28日，来自河南许昌的龙凤胎兄妹李书立和李书倩双双收到了郑大的录取通知书，李书立第一时间在QQ空间里写道："终于等到你。"金秋九月，这两张火红的录取通知书把兄妹俩一起送进了大学校园，哥哥李书立先陪着妹妹李书倩到新校区外语学院报到,再拎着行李箱来到了位于南校区的国际学院。

在同一学校的两个校区就读,是兄妹俩离得最远的一次。从小到大都在一个学校一个班级就读的他们,有着几乎重叠的成长轨迹,也拥有笑起来十分相似的面孔。

龙凤胎兄妹李书立和李书倩

俩人从小就颇有默契。李书立说,他们的父母都是老师,性格温和而开明,在这样的氛围中长大的兄妹俩都心思细腻又温柔,对方产生旁人难以察觉的小情绪时,他们总能互相察觉到。一些不能与朋友诉说的烦恼,他们便会与对方倾吐。“我应该是全世界最了解我哥的人。”李书倩笑着说。

从小兄妹俩便经常在考试中取得同样的成绩,中考成绩竟 1 分不差。到了高中,2 个人一起选择了学文,也许下了一起上郑大的愿望。“因为郑大实力雄厚,离家也不是很远。”李书立说。高考后,他们俩都将郑大作为了第一志愿。

虽然是前后脚出生,但李书立认为,即使只大一点点,做哥哥的还是要保护好妹妹。两人吵架的时候,总是李书立先低头道歉。李书倩有时情绪稍有低落,就会被李书立捕捉到。李书倩用《愿我的世界总有你二分之一》这本书的名字来形容彼此:“我和我哥的生命中有彼此的存在,是很幸福的事情。”

经过几天军训的分别,兄妹俩一见面就都笑了。“哥,你晒得也太黑了吧!”李书倩忍不住说道。初入大学,两人都兴奋又好奇,向往着多彩的大学生活。郑大多种多样的社团和组织让兄妹俩挑花了眼,李书倩说,开学后想多了解些社团活动,让自己的生活丰富起来。

“随父母脚步追梦大陆”

双胞胎吴子威和吴子宣

来自台湾的吴子威和吴子宣是今年入学郑大的109名港澳台同学中的一对双胞胎兄弟。两兄弟从小便形影不离，虽然从小“打”到大，但吵完架从来都是马上和好。高二时父母来到郑州工作，高中毕业后，他们便决定跟随着父母的脚步来到大陆，最终双双通过申请进入郑州大学商学院就读。

从小生长在台湾桃园的两兄弟是第二次来到祖国大陆。“刚来到学校的第一感觉就是校园好大！”两兄弟异口同声。第一次漫步校园，第一次体验军训，第一次在食堂吃饭……初次来到郑大，一切都是新奇的。兄弟俩也坦言，初来乍到的他们还有些不习惯北方的饮食和气候，“有些菜有点太辣了”，吴子威笑着说。

吴子宣说：“我对大学最大的期望就是能够自由支配自己的时间。”高中时学业繁忙，学校管理也比较严格，来到大学他们希望能够在学习之余自由发展自己的兴趣爱好，这几天他们已经了解了学校众多社团中的几个，兄弟俩期待着进一步了解后加入自己喜欢的社团。

据悉，为帮助港澳台侨新生顺利入学，商学院设置有港澳台侨服务站点，同时安排高年级的学长学姐与港澳台新生对接，帮助他们完成报到。

据郑大招生办公室副主任许立敏介绍，港澳台侨招生共有港澳台侨联招、台湾学科测试能力考试、香港免试生、澳门保送生四种渠道。“郑大从去年开始招收港澳台侨的新生，一方面意味着我们学校的招生覆盖面扩大到了全国地区，有了新的突破。”许立敏说，“另一方面港澳台侨同学的教育背景与内地同学不同，他们的到来也有利于文化的交流、思想的碰撞。”

（赵晨琰　许何樱子　撰稿　白宸硕　摄影）

与共和国同龄之郑大人的70年

——记1949年出生的三位郑大人

他们是出生于1949年的郑大人,陪伴新中国走过了70年的风雨征程,见证了祖国从一穷二白到强起来、富起来的巨大飞跃。新中国70华诞之际,三位郑大人通过自己的亲身经历,深情讲述了伴随新中国发展的光辉历程,他们把个人的理想追求融入国家和民族的事业中,锐意进取、奋力拼搏,书写无愧于时代的青春之歌和精彩人生。

董广安:“媒介的发展映射了祖国的腾飞”

新闻与传播学院原院长董广安

“媒体的发展也乘上了祖国发展的快车，我们作为新闻教育工作者，需要永远紧盯媒介发展的前沿，不断学习，不断进步，才能不落后于时代。”谈及祖国70年来在媒介领域的变迁，新闻与传播学院原院长董广安说。

董广安出生于1949年11月。回忆起自己的童年，董广安的脑海里出现的是“以灰色、黑色为主基调、千篇一律的服装”和“什么都需要凭票购买的物质匮乏”。“记得我上大学时，书籍就是我们能获取知识的最主要媒介，但学校可供借阅的图书资料实在有限。”董广安无奈说。

1976年，从郑州大学中文系毕业后，董广安留在了中文系新闻专业任教。接受了三年汉语言文学专业教育的董广安一开始并不适应，翻遍了资料也只找到了仅有的两本油印新闻教材。学的是文学，对转行新闻，一开始内心是不情愿的。“那时候的我们啊，信奉的是‘革命战士是块砖，哪里需要哪里搬’。”董广安回忆说。

就这样，董广安在新闻教育岗位上一干就是40多年。董广安凭借着“要做一件事就把它尽力做到最好”的信念，认真准备了她的第一堂新闻写作课。令董广安意想不到的是，讲课受到了同学们的热烈欢迎，甚至还在食堂听到了高年级的同学问自己的学生“你们是不是请了外面的人来讲课了？我们听到你们教室一直有掌声”。董广安笑着说：“要知道，老师正常上课的课堂里，是难得有掌声的。”这让董广安受到了极大的鼓舞，也由此更加坚定了她要在新闻教育这条路上走下去的信念。

1979年“五一”前后，我国再版发行了一批中外名著。“那个时候，我和先生步行几公里，在书店外排长长的队，只是为了能买到再版的新书。那个年代，名著都是稀缺资源。”董广安回忆道。在有限的工资收入里，为了挤出买书的费用，她丈夫甚至毅然决然地戒了烟。

20世纪90年代，互联网兴起。1997年，董广安花“重金”添置了一台电脑。但由于没有联网，很少发挥作用，一直作为摆设闲置在家。2000年，董广安去中国人民大学拜访新闻史学界的泰斗方汉奇先生，在谈话中，年届八十岁的方老师一句“你现在一天花多长时间上网啊”，问懵了董广安。受到“刺激”的董广安回到家后，赶忙找人为家里的电脑联网。董广安说：“从QQ，到微博、飞信、微信，我很骄傲我都是最先使用的那一批人。”在对新媒介使用的跟进中，董广安从新闻领域的发展看到了整个国家的腾飞。

“新闻传播业在这70年里的发展是突飞猛进的。”董广安回忆起，刚开始上班时只希望有一张属于自己的办公桌和书柜，满足备课所需，现在的物质生活已经发展到了从前想都不敢想的程度。现在的书房越来越大，电子影像资料应有尽有，图书都已屈居之后。她说：“与新中国一起成长，我也更加希望能见证我们的祖国越来越繁荣富强，百姓生活越来越美满安康，人民幸福指数越来越高！”

张冠华：“祖国的发展给了我三次新生”

文学院张冠华教授

已到古稀之年的郑州大学文学院张冠华教授虽已两鬓斑白，却仍用沾了水的梳子把头发梳得一尘不染。与新中国同龄的张冠华总念叨着一句话：“我这一辈子可谓‘三生有幸’，不是前世今生和来生，而是新中国的发展给了我三次新生。”

“我出生时恰逢新中国成立伊始，由此生在和平稳定的年代，这是我的第一次新生。”张冠华的童年在河南省荥阳市汜水镇度过，虽然物质欠丰，但也安宁幸福。他说，自己赶上了好时候。他的农历生日是十月一日，每当别人问起，他却会颇为自豪地说，自己的生日是1949年10月1日，与祖国同岁。

1969年，20岁的张冠华怀着报效祖国和改变命运的想法参军入伍。因为读过中学，当过民办教师，文笔又好，张冠华被选拔成为营部通讯员，画板报、写报道，还常常在部队的报纸上发表文章。那时部队里文盲较多，他便在连队里当起了老师。1971

年，大学恢复招生后，张冠华被部队推荐至武汉大学中文系就读，成为一名工农兵大学生。他说，到武大读书是他人生中的亮色，这是出生于农村的他第二次被幸运眷顾。

进入大学，张冠华对自己的要求近乎苛刻。大学的三个暑假，他只在大一时回过一次家。假期里，他读完了老师推荐的所有图书。后来，他不仅以出色的成绩毕业，更是对文学理论研究，特别是自然主义产生了浓厚的兴趣。

“对我而言，能沉浸在书本里是一种莫大的满足和幸福。”学术研究在一些人看来艰难无趣，他却甘之如饴。11 册的《中国历史》、晦涩的《中国哲学史》等专著深深地吸引着他。但在武汉大学留任后，当时的工作安排与学术环境并不允许他投身学术，张冠华只能一直从事行政工作。

1979 年，改革开放的春风吹遍祖国大地，张冠华调任至郑州大学任教。令他万分欣喜的是，郑大同意他不做行政工作，可以从事理论研究。张冠华回忆当年，语气里带着几分激动：“改革开放后，学术讨论的环境变得自由，国家也越来越重视科教的发展。来到郑大后我才觉得，英雄终于有了用武之地！我在这里又获得了我的第三次新生！”

由此，张冠华在郑大的讲台上，一待就是 40 年。他在学术天地中不断精进、硕果累累，主持、参与科研项目 13 项；先后出版《西方自然主义与中国 20 世纪文学》《自然主义的美学思考》《创造方法形态研究》等教材、专著 20 部；先后在《文学评论》等各种期刊发表学术论文 90 余篇；获各类科研奖 11 项。

除了徜徉书海、伏案写作，张冠华也坚守在三尺讲台上。40 年来，张冠华培养出一批又一批优秀人才。在他的学生中，有中国社会科学院文学研究所副所长丁国旗、复旦大学教授杨俊蕾等。“能够看着学生们成材，我觉得很有成就感。”张冠华翻阅着与各届学生们的短信，笑得很欣慰。

“这些年里，我也是郑大的参与者和见证者。”张冠华颇为感慨地谈起刚来到郑大时的记忆，那时的操场跑道是灰渣垫的，图书馆只有一栋小小的二层楼。宿舍楼不够，学生们只能把教室改造成宿舍，二十几个人一起住。“后来我们有了新宿舍楼，进了“211 工程”，再后来又进了‘双一流’。我所在的文学院也是‘十年一飞跃’，硕士点、博士点从无到有，从有到全。郑大是我的家，看着它突飞猛进，我很骄傲。一叶知秋，郑大的发展也折射出国家教育的发展和兴旺。”他骄傲地说道。

如今,新中国七十华诞与张冠华的七十大寿都要到了。他念起艾青的两句诗:“为什么我的眼中常含泪水?因为我对这片土地爱得深沉!”张冠华深情地说,他的一生与国家的发展不曾分离,是时代成就了自己。

张聚鸠:“忘不了那段日夜颠倒为祖国建设添砖加瓦的日子”

资产经营公司、校办产业处原处长张聚鸠

对于生活,郑州大学资产经营公司、校办产业处原处长张聚鸠感慨万千:“每天最大的愿望就是能吃一顿肉,哪像现在,想吃就吃,那时候想都不敢想。”

新中国教育建设需要大量人才,张聚鸠的父母作为知识分子来到了郑州市教委工作,而张聚鸠也开始了自己的求学生涯。“小学和初中的时候,我们兄妹三人,每天都要走十几里路去学校,早上吃一个馒头就点咸菜,天不亮就出发了。”张聚鸠回忆道。

“文革”结束后,工厂逐渐恢复生产。郑州工学院从当年下乡的知青中招募了一批学员,张聚鸠借这个偶然的机会来到了郑州工学院机械厂,他既当学生又当工人,这一干就是30多年。

改革开放之后，国家工业建设迅速开展，郑州工学院作为国家化工部的下属院校开始承接一些工业产品的生产工作。“我们那时候生产一种进口的鼓风机，化工部给了图纸和一套国外买的成品设备，学校里的老教师就开始研究，搞明白了就开始投入生产。”说到当年搞生产建设的时候，70 高龄的张聚鸠仍然充满热情，“我们那个时候，白天黑夜连轴转，就搞这个鼓风机，都好像不知道累一样。”

如今，张聚鸠和他的同学们当年生产的鼓风机型号早已被淘汰，而我国也研发了具有自主知识产权的新一代鼓风设备。但那无数个不眠不休工作的白天和黑夜，是张聚鸠难以忘怀的青春岁月，更是改革开放后新中国飞速发展不可或缺的一块拼图。

当年，张聚鸠回老家需要坐一天的火车，下了车还要再走 40 里路才能到家；如今，他的老家门口已经通了高速，开车回家只用不到两个小时。“70 年，新中国的飞速发展，我看见了，也参与了，感到无比骄傲和自豪，我祝福我们的国家越来越好。”说到这儿，张聚鸠开怀地笑了。

（赵晨琰　许何樱子　王润　撰稿）

郑大故事

空中"飞人"与硬核刀具 郑大学子妙手创利器

——记第五届"互联网+"大学生创新创业大赛郑州大学代表队

2019年10月12日至15日，第五届"互联网+"大学生创新创业大赛全国总决赛在浙江杭州举行，来自124个国家和地区4093所学校的457万名大学生、109万个团队同台竞技。大赛分为"高教、职教、国际、萌芽"四大板块，以"敢为人先放飞青春梦，勇立潮头建功新时代"为主题，在"更全面、更国际、更中国、更教育、更创新"办赛目标的驱动下，实现对大学生创新创业创造教育的深入探索，促进产教融合孵化器的加速发展。

第五届"互联网+"大学生创新创业大赛郑州大学代表队合影

在此次大赛中,郑州大学代表队表现不俗,捷报频传。由材料科学与工程学院毕业生李剑带领,李强、苏捷、王昱涵、赵鹏博、陈知博共同参加的项目“万创智造——全球领先的新一代超高精密超硬刀具制造商”成功入围大赛决赛,获得了本届大赛“高教主”赛道金奖。由领队段向南与队员张泽仁、王冰玉、翁怡丹、赵薇完成的“用卫星和飞机去种田——阡陌农服”项目获得了该赛事“青年红色筑梦之旅”赛道银奖。

革新高端精密刀具　打造民族一流品牌

刀具是现代工业的基础,超硬刀具则是高端先进制造的根基。我国与发达国家在刀具应用方面存在一定的差距,补齐我国在“刀具设计与制造”方面的短板这一问题亟待解决。就是在这样的一种大环境下,带着“成为国内领先、世界一流的超硬刀具供应商,跟诸多世界级企业一起同台竞技”的美好愿景,“万创智造”应运而生。该项目负责人李剑介绍,该团队主要致力于打造新一代超高精密超硬刀具,推动我国高端精密制造的发展。

“万创智造”既着眼大局,又注重细节。超硬刀具有三个核心要素。一是材料性能。该项目团队注重材料研发,通过独有的超细粉体分散分级技术,提高显微硬度、抗冲击性能、耐高温性能,超越了对手的刀具材料性能。二是刀具结构设计。根据材料性能及客户要求,自主设计刀片形状及刃口参数,造就极锋利、高耐冲击、高耐磨、高精度刀片刃口。三是严苛标准和顶级技术。把细致落实到超硬刀具制造的始终,这是该团队令人耳目一新的地方,也是取得竞争力的关键。

团队的队员们均来自郑州大学材料科学与工程学院,专业相近,又有着比较丰富的课外活动竞赛经验,就这样聚到了一起。作为团队的主心骨、行业的领军人,李剑将自己多年来积攒的经验毫无保留地传授给队员们,每周都会在办公室开会,为队员们答疑解惑,共同推进项目的实施。“师兄阅历比较丰富,经常会跟我们分享他的经历,像长辈一样带着我们。”队员李强说道。在实验室里加班熬夜已经成了队员们的家常便饭,在他们眼里,付出的辛苦都是不值一提的,因为这是取得成功的必经之路。将以理论为基础的实验课题转换为真正可以投放使用的产品,成为激励他们前进的最大动力。

人们常说“十年磨一剑”,而对于队长李剑来说,“十年磨一刀”更为恰当。李剑创立“万创智造”公司近3年,本科时期与超硬刀具结缘,从此便一直关注着这个行业。对他来说,他不仅在“磨刀”,打造出新一代超高精密超硬刀具,更是在打磨一份“工匠精神”。源于对超硬刀具行业的热爱与自信,李剑在比赛中不惧怕评委的任何提问。“我们做好自己就行,好好发挥,我们一定能拿金奖!”他的自信感染了每一个队员,在比赛过程中大家都很放得开,把它当作一个平台来向投资人展示自己的项目。

“万创智造”团队现场展示中

“万创智造”是国内唯一做到“五位一体”的超硬刀具企业,材料和刀具完全基于自主知识产权,围绕“五位一体”模式进行相关专利和商业机密布局。未来,他们将在“市场、产品、技术”等几方面进行升级,持续提升核心关键技术和工艺,在众多世界级厂家都无法覆盖的球墨铸铁等领域形成新产品突破,打造下一个世界级超硬刀具的民族品牌,继续“磨好”这把“刀”。

而此次获奖实现了郑州大学在该项赛事上国家金奖“零的突破”,实现了河南省首次入围全国30强的新突破,创历史最好成绩。这份荣誉属于整个团队,更属于整个郑大。“能拿到金奖,离不开学校给我们的帮助,张倩红副校长此次亲自带队参赛,全程观看了我们的比赛。当知道项目入围金奖时,大学生就业创业指导服务中心路红显主任、张红英副主任和我们院党委书记王瑞波老师眼眶也有些湿润,对我们取得的成绩表示很满意。”李强激动地说。

升级传统农田模式　填补国内技术空白

“用卫星和飞机去种田——阡陌农服”项目,通过使用地理信息服务和无人机,实现了软件、硬件的结合,助力农民从传统人工植物保护(以下简称“植保”)工作中解放出来,迈向无人机植保,实现农业的增产、增收。

厚积薄发,段向南3年来的心血没有白费,除了欣喜,更多的是平静。他说:“这么多人相信我们正在做的事情,也让我变得更加坚定。”2012年,段向南刚刚踏入大学校园,学习通信工程专业的他很快就对航空模型产生了兴趣,经常自制、把玩无人机模型,大学时的爱好就此为段向南的未来埋下了种子。

“偶然间,我在看新闻的时候才知道无人机还能用于打农药。”得知无人机可以和农业相结合,段向南开始接触植保无人机。段向南清楚地意识到当前农村缺乏大量劳动力,对农田的照料不足会导致农田减产,而自动化的农业工作将造福百姓,促进农业发展。想到这里,他的脑海中浮现出田间阡陌交错的景象。“东西、南北延伸的一条条小道象征着地图上的东经北纬,寓意着数字农业”,段向南回忆地说道,“阡陌农服”项目由此诞生。

在研究“阡陌农服”的过程中,段向南及其团队不断追求提高无人机作业效率,力求延长作业时间,他们创造了3个“第一”的好成绩:使用国内首款轴双插拔方案,实现无人机3秒换药;推出国内首家高清地图飞行系统——阡陌地理信息系统软件,作为无人机的“眼睛”,帮助无人机勘测飞行轨迹、确定灌溉范围等,实现精准定位,误差仅在厘米级;首家大规模应用实时监管系统,实时监管无人机,实时记录、提醒。段向南说:“相比于传统人工植保,无人机植保在保证产量的同时,能够提高工作效率,节约成本,具有明显优势。”

商学院2016级翁怡丹负责团队的财务分析、项目风险评估及策划书的撰写工作。谈及本项目,她感叹:“作为一个全本科生的团队,我们一步一步磨合、计算,能走到国银实属不易。”若希望项目在比赛中得到青睐，队员们就必须从评委视角出发，审视项目投资点，突出项目优势。在最终结果“板上钉钉”前，队员们还要经过多次商讨，各抒己见，分析每一个方案的优缺点，即使想法有分歧，团队成员们始终目标坚定。“一切都是为了更好地工作”，段向南说。

如今，“阡陌农服”项目运营已满3年，也有了六七年的技术积累。“农业最重要的就是实在，我们也一直脚踏实地地做事。”段向南说。迄今为止，团队到过16个省份，服务过近千个村镇。从2016年刚开始的3架飞机，到2018年的150架飞机，服务过的农田从2016年的几百亩到现在的几百万亩，他们一步一个脚印，不断用自己的技术和努力为农业现代化做出贡献，为乡村振兴贡献力量。

张红英老师是两个团队的带队老师之一，参与了团队的前期筹备工作，在学生团队和导师之间扮演着沟通协调的桥梁角色。谈及参赛初衷，张老师坦言：“参与这次比赛，对于学生、老师与学校都是一次成长。”首先，大赛作为一个资源平台，帮助毕业生得到更广阔的平台与更雄厚的资金支持，“万创智造”项目通过投资路演，目前已得到约5 500万元的投资。同时，毕业生可以借鉴成功的经验，而在校生接触了学科前沿的信息，学习会更有方向性，也会有更清晰的学科发展目标。

两支队伍取得的佳绩，让郑州大学在大学生创新创业上更显风采，传来了可贵的“郑大之声”。张老师满怀信心与期待：“希望以后学校科研部门能够加大对老师优秀项目的挖掘，用一流的科研带动一流的团队，培养一流的学生，为一流大学建设添砖加瓦。”

（学生记者　刘海慧子　杨京琪　徐杭艳　撰稿）

逝而不已，留爱人间：捐献遗体用于医学教学

——记百岁老党员王华冰同志

王华冰，女，1918 年 3 月出生于河南南阳，1937 年 9 月参加工作，1939 年 4 月经邓颖超介绍入党，先后在山东、重庆等地从事党的地下工作，1946 年按照组织决定回到河南工作，新中国成立后曾担任中共纺织工业部委员会办公室主任、中共武汉钢铁公司机关委员会副书记、武汉钢铁公司医学院副院长、武汉钢铁学院党委副书记、原郑州工学院党委副书记等职务(2000 年郑州大学、郑州工学院、河南医科大学三校合并组建新的郑州大学)，于 1983 年 7 月离休，2019 年 10 月 9 日与世长辞，享年 101 岁。

王华冰与邓颖超同志合影

王华冰生前曾多次表明心迹："有一分热，发一分光，余热就发个余光吧！即使我们没热了，没光了，死了，也要把遗体献出来。我曾在医院当过副院长，知道学生们难得在尸体旁上一次解剖课。所以，我们给党的最后一次贡献就是把遗体献给医学院，用于教学解剖。能为党、为社会主义再做一点贡献，千刀万剐也是愿意的。"子女遵其遗愿将王华冰同志的遗体捐献给郑州大学用于医学教学与科学研究，实现了他们夫妻二人将一切献给党、献给祖国的心愿。王华冰老人的大爱义举，赢得了郑州大学全体领导干部、师生的广泛赞誉。

生为人民服务　逝为医学献身

2019 年 10 月 11 日上午，中国共产党优秀党员、原郑州工学院党委副书记王华冰同志遗体捐献接收仪式在郑州大学人体科学馆举行。这是继其老伴——原河南省委统战部副部长武旋声——之后的又一次遗体捐赠。这是老一辈革命伉俪毕生为人民服务的精神体现；即使逝去仍为医学献身，他们用实际行动践行对党最庄严的承诺。

王华冰年轻时为反抗封建包办婚姻，毅然决然地从牛岗村出走到开封，开启了独立自主的生活，后经邓颖超同志介绍入党。参加平津流亡同学会、重庆六年地下斗争，远离领导、潜回家乡南阳三年孤军作战，"文革"期间被诬陷为"叛徒"……在为党的事业艰苦奋斗的过程中她历经种种磨难，却始终坚定理想信念，从未改变对党的热爱。

"采得百花成蜜后，为谁辛苦为谁甜。"1981 年，在化工部召开的思想政治工作会议上，部领导同志传达了中央关于逐步解决干部队伍老化，实现革命化、年轻化、知识化、专业化的指示精神。作为院党委副书记的王华冰觉得自己年龄超过 60 岁了，应该把机会让给年轻人，便主动向上级递交了离职报告，并坚定地拒绝了领导让她升任党委书记的决定。离休后的她时刻关注学校发展，将思想工作与解决实际问题相结合，以一名普通党员的身份继续为学校发展建言献策，促进了设备、师资、就业等问题的解决和学风的改善。

辛勤浇灌育新人　廉洁奉公做表率

一片冰心在玉壶。从事多年教育事业的王华冰，对下一代有着特殊的感情。早在1985年，她和老伴就各自拿出2万元资助家乡办学育人，鼓励孩子们早日成才，用过硬的本领报效国家。所谓一“砖”引来遍山“玉”，王华冰夫妻二人的事迹，一时掀起了两地集资办学的热潮。其中，王华冰的家乡南阳县一年集资款为全年用于基建的教育经费的3倍，武旋声的家乡河北元氏县全县为教育事业捐款、捐物、投资的总额达77万多元。然而，大多数人不知道的是，这些善款中有老两口为小女儿简办婚礼节省下来的嫁妆钱。

此外，她和丈夫还有着共同的理想信念和家国情怀，他们约定百年之后将遗体捐献给医学院，供教学和科研解剖之用。在给学生们讲授党课时，她常为年轻一代讲述中国共产党队伍里涌现出的可歌可泣的英雄人物的先进事迹，同学们总是会被这位老人传奇的一生、坚定的信仰所吸引。她注重以德育人，春风化雨般滋润孩子们的心田，许多学生都叫她“王奶奶”。

在王华冰的家里，书桌、木床的油漆大块剥落，一张竹凉席补了又补，除了一台电视机，几乎没有一件可称“高档”的家具。“钱这东西是购物的凭证，保持一般生活水平就行，多了没用。”王华冰的艰苦朴素、勤俭节约是出了名的。韭菜刚上市，1块钱1斤，不买；6毛钱1斤，不买；2毛钱1斤，才买。她说：“营养价值是一样的。”她拒升工资、屡退奖金，始终保持共产党员艰苦奋斗的无私品格。

王华冰在庆祝中国共产党成立六十八周年大会上发言

1981年建党60周年之际，她和老伴每人向党组织交了1万元党费，这在物质并不充裕的20世纪80年代真是大义之举。而且这之后，她和老伴仍时常向党组织交纳额外的党费。别人问她：“有这个钱改善生活不好吗？总捐出去，图个啥？”她毫不犹豫地答道：“图个啥？只图对得起共产党员的称号！”作为学校领导干部，她两袖清风，从不使用特权便利自己及亲戚，等到学校普及了液化气，她才同意安装；总是等到外出旅游和疗养的人报完名后，她才考虑自己……

高风亮节传千秋　一片丹心为他人

1987年《午间半小时》的一篇通讯让近10年未见的两位革命战友再次久别重逢，重话旧情。原来，作为通讯主角的王华冰正是在邓颖超的介绍下加入的中国共产党，并在组织上直接和邓颖超联系，只是二人在此后的岁月里多次断了消息。之后，在《午间半小时》节目组的帮助下，邓颖超获得了王华冰的居住地址，在写给她的书信中饱含深情地写道："王华冰同志是一个好样的女共产党员……得知你多年来的情况，特别是你和武同志经过的考验……"毫无疑问，王华冰担得起这样的赞美。

之后，当邓颖超听说王华冰和她的丈夫几次将自己全家几十年积蓄下来的6万多元钱拿出来支持教育事业时，非常激动地说道："王华冰同志不愧为党培养几十年的老党员，多年不见，真想念她。"

"一生奋战报国家，两番奠基促四化。三四十年集六万，捐资办学育春芽。献身医学表夙愿，死后何需用火化！偕老同心共勖勉，儿孙勠力振中华。"这是王华冰和老伴同赋的《离休述怀》，亦是他们把一切献给党的真实写照。

生命的价值是用贡献来衡量的，王华冰把多年来的积蓄作为党费上缴组织，为孩子捐资助学，离休后一直义务坚持为学生做革命传统教育报告，把遗体捐献于医学教育事业，诠释了共产党人的铮铮誓言。这种"逝而不已，留爱人间"的奉献精神激励着所有郑大人敢为人先、努力奋斗，将个人理想与抱负融入祖国的建设发展中，为一流大学建设、让中原更加出彩和实现中华民族伟大复兴的中国梦而贡献力量。

（刘乐乐　高雨琪　撰稿）

凝心聚力勇担当 全力以赴保工期

——主校区北核心教学区整体维修改造工程纪实

2019 年暑假，有一支只有暑期、没有暑假的队伍每天活跃在学校的各个角落，这些奋斗在一线的身影来自于后勤管理处。

这支队伍在关键时刻“敢啃硬骨头”，以优异的成绩展示后勤人特别能吃苦、能战斗的风采——带领大家如期完成了北核改造主体工程，保证了学生能够按期上课；有力地保障了中国物理学年会（CPS）2019 年秋季学术会议的顺利召开；保障了第十一届少数民族传统体育运动会顺利举行，充分展示了郑州大学一流大学建设风貌，受到了校领导、物理学年会主办方、相关部门、院系师生的赞扬。

靠前指挥，推进施工进度

2019 年 3 月 20 日，校长办公会决定投入 3 200 万元，利用暑期对主校区北核心教学区 6 栋楼 4.5 万平方米建筑进行全面维修改造。

5 月 27 日，校长办公会通过北核改造设计方案，7 月 3 日，北核改造完成招标，7 月8 日正式开工。改造工程必须在 9 月 2 日学生上课之前完成，工期仅有 57 天。北核维修改造工程“起步就是冲刺，开局就是决战”。

接到北核改造任务后，后勤管理处迅速展开工作，立即调研、论证，召开多次专题会议研究改造方案，并邀请相关部门和有经验的专家就“如何确保安全，如何确保质量,如何确保工期”这“三个确保”进行研究讨论,一致认为,北核改造工程规模体量大、工艺要求高、工期特别紧,必须采取超常的举措,才能按时完工。

组织设计洽谈会现场讨论

组建北核维修改造项目组,全程管理。北核改造一立项,后勤管理处就按“全处一盘棋”的思想,统筹组建了包含 10 人的北核维修项目组,项目组设立了专用办公室,配备了专业设备和器材,全处人员进行了明确细致的分工,全程参与工程立项、设计、造价、施工和验收。施工后期,项目组增至 12 人。8 月 27 日,工程进入倒计时,项目组成员每天 6:30 上班,凌晨 0:00 至 2:00 下班,几乎全天奋战在北核工地,全身心投入北核改造攻坚战。

成立联合协调组,高效保障。由于工期特别紧迫,出现问题必须快速协调解决,一刻也不能耽误。在工程后期和物理学年会保障期间,后勤管理处牵头成立北核改造项目联合协调组,由学校财务处、审计处、国资处、原教育技术中心、物理学院等部门的相关人员和专家,后勤集团,核心教学区物业公司,监理单位,施工单位等单位的人员组成,负责施工过程的指挥协调和有效保障。8 月 5 日,北核三号楼平台连廊改造遇到技术难题,协调组专家成员迅速赶到现场,研究制定切实可行的施工方案,为工程节省了宝贵的时间。物理学年会期间,协调组快速反应,发现问题立刻解决,为会议提供了有效的保障。

工程负责人在施工现场指挥

定期召开监理例会，力推进度。北核改造工程体量非常大，工期又特别紧，必须科学组织多工种同时交叉施工和夜间施工。项目组每周召开 2 次监理会，邀请校内专家，召集设计单位、施工单位和监理参加，协调解决施工难题。工程后期，监理例会改为施工现场会，每天 1 次，每周 7 天，风雨无阻地对施工现场进行全面检查，发现问题现场解决。截至 9 月 2 日，北核维修改造项目组共计组织召开监理例会 12 次，施工现场会 11 次。

严把关口，确保工程质量

北核维修改造关乎师生的健康，关乎学校的长远发展，工期固然非常重要，但质量丝毫不能放松要求。

严把主要材料关。材料关是把握质量的第一道关口，必须牢牢守住。严格组织主要材料专家参与评审。为保证材料质量，北核改造招标时就对主材价格进行了区间限定，投标材料价格不得低于区间下限。中标后要求施工方提供材料样品，在监察、财务、审计、国资等部门的监督下，由专家进行详细评审，逐一检验样品是否符合招标技术要求。经过 3 次专家评审，最终审核通过了 24 种北核改造主要材料，有力保证了工程材料的质量。严格监督把控材料生产进程。为把控材料生产进程，确保供货效率和质量，维修改造项目组和学校监察、审计、国资部门，冒着酷暑、不辞劳苦，多次到凤凰城建材市场、东建材市场等地进行了考察,并到中国农业大学、安阳师范学院等多家学校进行调研,确保供应材料质量可靠,并严格组织材料验收。

严控施工工艺。好材料要求好工艺,否则难收获好效果。一是扎实组织图纸会审和技术交底。北核改造设计时间短、难度大,后勤管理处两次集中组织四方图纸会审和技术交底,并多次现场进行技术交流,有效地把学校的意图、设计理念和技术要求传达给施工单位。二是全方位监督检查。施工过程中项目组和监理公司均责任到楼到人,每天监督检查,及时提出整改意见,确保施工监管全天候、无死角。三是样板先行重点旁站。教室吸音板、铝方通吊顶、墙面乳胶漆粉刷施工等工作,都坚持“样板先行,统一标准”。对工艺要求高的卫生间改造、屋面防水施工等任务,要求监理旁站监督,严把每道工序工艺质量。

坚决进行成品破坏性检验。对主要材料、关键部位、隐蔽工程等,除留有施工视频图片外,还坚持进行成品破坏性检验,不达标的坚决返工。8 月 26 日,随机抽取木门进行破坏性验收,将木门整体锯开检查,检验合格;6 号楼屋面防水 4 处进行破坏性验收,1 处不合格,停工整改。9 月 4 日对 1 号楼屋面防水进行 8 处破坏验收,1 个台阶范围内不合格,立即整改。实施破坏性检验,给施工单位传递了压力,把住了隐蔽工程的质量关口。

昼夜兼程,“新面貌”迎接师生

8 月 31 日,距离学生上课仅剩两天,但北核改造现场仍是大片工地:卫生间多半不具备使用功能,各种垃圾堆满楼道,北核周边到处都是建筑余料。如不及时采取措施,根本无法保证 9 月 2 日学生正常上课,给学校带来难以估量的负面影响。

抓住主要矛盾,快速做出决策。一是“再战一夜,停工清场”。鉴于紧张的形势,8 月 31 日下午 4 时,后勤管理处 5 位处长齐聚北核,研究下达了“再战一夜,停工清场”的命令。31 日再突击一夜,重点做卫生间和垃圾清运,第二天早上 8 时全面停工,工人、余料、工具、垃圾全部清场。命令下达后,各方都秉持“给我一昼夜,还你一精彩”的决心,抢时间、争主动,大干快干、全力冲刺。二是调集力量,强力支援。仅凭施工单位的力量,难以完成“停工清场”的任务。18:00,后勤管理处招标的 10 个零星维修施工队在两小时内从四面八方调集了63名工人加入北核夜战，他们自带工具、自备干粮，不讲条件、不讲价钱，主动投入卫生间施工和垃圾下楼工作，为北核改造最后的攻坚战提供了有力的支援。

抓住主要问题，全面进行保洁。经一夜鏖战，127间教室全部满足学生上课条件，但教学区环境卫生还需进一步改善。8月31日、9月1日，后勤处协调后勤集团50名保洁人员，2台道路清洗车加入“室外环境大作战”，两批次对室外路面、树木植被进行彻底冲洗。入驻我校的国基物业发动近140余人投入教室和卫生间的保洁工作，持续不间断开展保洁工作。万厦物业、天天阳光物业、仁和物业自备工具，自带私家车辆，从全城调动保洁力量支援保洁任务。施工现场尘土飞扬，人人都是满身灰、满头汗、满嘴泥，但都顾不上擦洗，全身心投入保洁工作。9月2日早上6:00，项目组成员全部到达自己岗位，施工单位3个水电班组进行了最后一次检查调试，迎接新学期开学第一课。

调整施工战略，有序进行收尾。9月2日，学生能够正常进教室上课，但北核改造还有大量的收尾工作要做，绝不能就此放松，要以崭新的面貌迎接9月9日2019级新生开学第一课。施工时间限定在中午、夜间和周末，日间一切施工不能有噪声。经过7天的奋战，北核环境有了质的改善。9月9日，万名新生第一天上课，北核改造主体工程完工，127间教室、76个卫生间全部正常投入使用，干净整洁的环境给新生第一堂课留下了良好的印象。9月20日，与会人数约5 000人的中国物理学年会在主校区北核心教学区召开，北核以崭新的面貌受到国内外与会代表的高度赞扬。

改造后的北核心教学区一角

一流大学要有一流的后勤管理。后勤人求是担当、攻坚克难、勇挑重担、不等不靠、主动作为，就是凭着这种决心和勇气，战胜一个又一个困难，解决一个又一个难题，终于取得了最后的胜利，按时完成了北核维修改造任务，奏响了一曲“求是担当、决战北核”的奋斗强音。

（徐大光　撰稿）

“医工结合”让结肠镜检查不再痛苦

——记第十四届中国研究生电子设计竞赛一等奖和最佳论文奖团队

“郑州大学‘消灭息肉小分队’获得此次竞赛的一等奖。”听到获奖的消息，团队的队长马燕松了一口气，这一段时间的努力没有白费，昼夜无休的努力终于得到了回报。2019 年 8 月，在南京举行的第十四届中国研究生电子设计竞赛中，由郑州大学信息工程学院的马燕、陈洁莹、刘晓姐、刘倩倩和王朝阳组成的“消灭息肉小分队”设计的《AI 辅助结肠镜下息肉实时检测系统》获得了全国总决赛团队一等奖和最佳论文奖，杨潇楠被评为优秀指导老师。

第十四届中国研究生电子设计竞赛一等奖和最佳论文奖团队合影

“最终目标是把它用到医院中去”

根据国家癌症中心全国肿瘤登记数据报告，我国城市和农村地区结直肠癌发病率分别位列恶性肿瘤的第二位和第五位，死亡率分别位居第四位和第五位。结直肠癌是一种早期和晚期死亡率相差极大的癌症，早期结直肠癌生存率能够达到90%，尽早发现并治疗后几乎就能痊愈，而晚期结直肠癌生存率却只有20%，因此，及时检测出癌变息肉就显得极其重要。

杨潇楠老师是肠镜检查的亲历者，一回想起做肠镜的经历，他就用“折腾”“难受”来概括。做肠镜的前一天就要禁食，准备清理肠道，还得吃清肠药，一晚上要往卫生间跑十来趟，保证做肠镜时肠道内干净。但由于肠道的长度较长，医生给病人做肠镜时可能会漏检癌变息肉，病人有时还要复检第二次、第三次。大部分病人做肠镜都会吃不消，更何况那些上了年纪的老人。杨潇楠于是想设计一种服务于结肠镜的早癌检测系统，装上这套系统的结肠镜可以尽可能地一次性检测出所有息肉，同时判断出息肉的种类以及是否癌变，减轻病人因复检而造成的痛苦。“我们不做‘玩具’，也不仅仅是发表一篇论文就完事。”杨潇楠说，“我们的最终目标是要把这套检测系统用到医院中去。”早在2017年年末，杨潇楠就和他的科研团队进行了立项，他们的初衷一直是想方设法让病人从这套系统中受益，而获得奖项只是因为努力恰好碰上了机遇。

“我们现在都算是半个医生”

立项之初，团队成员面临的第一个困难就是医工学科交叉的问题——小队成员在医学方面都是零基础。为解决这一问题，杨潇楠邀请了郑大一附院消化内二科、消化内三科的医生加入团队，对队员们进行医学方面的指导，让队员们对项目所涉及的领域有更好的了解。可在双方合作的过程中，又出现了新的问题，医生对人工智能也没有一个明确的概念，双方对彼此的专业领域互不了解。因此，跨专业的学术交流成了双方合作的最大障碍。为此，杨老师每周都会召集双方在会议室召开定期会议，一起讨论遇到的问题，相互提出见解和意见，并在一次次交流中相互学习。“不夸张地说，我们的几位核心队员现在已经可以算是半个医生了。”杨潇楠笑着说道。

在对原型机进行系统完善的过程中，队员们需要帮助系统对病原特征进行“学习”——即通过导入病例图片，在用人工鉴别的方式对不同病例的患病情况进行判断后，将所得数据导入人工智能的“智能神经”中，让系统对病原特征进行深入分析和记忆，以达到在面对类似病况时能做到“举一反三”。为了尽可能在“学习”过程中模拟真实的临床情形，小队成员深入临床一线，对真实病例的图片进行搜集，并逐张进行人工鉴别，在遇到不确定的情况时，小队成员会请专业医生进行判断。“为了确保准确性，每张图片我们都会请至少5位不同的医生进行判断，以避免判断结果存在差错和遗漏。”在整个“学习”的过程中，小队成员对上万张病例图片进行了逐张判断，并录入程序，使设备的症状检出准确率从最初的不到70%提高到了95.7%。“涉及医疗问题时，我们的每项工作不说百分之百，但也要尽全力做到接近百分之百的准确，”杨潇楠说道，“为了这个目标，我们对待项目的每一个细节，都很严谨和小心。”

“稳定就是把每一步都做好”

八月中旬，在南京信息工程大学举办的第十四届中国研究生电子设计竞赛全国总决赛现场，来自全国400多所高校的队伍会聚于此，每支队伍的桌子上都摆放着各式各样的设计作品，学科交叉的设计随处可见，AI在这里也不再是“创新”的代名词。“消灭息肉小分队”想要脱颖而出压力很大，但是他们有自己的“制胜法宝”。这个“法宝”就是这套检测系统“使用100次就工作100次”的稳定性。每支队伍演示作品只有1次机会，当有些队伍不论怎么按机器的开关都不见其运作时，“消灭息肉小分队”只要下达工作指令，随着肠镜的移动，检测系统就会在疑似息肉处打出红框将息肉锁定，并准确地判断出息肉的大小以及癌变情况。

“稳定绝对不是虚头巴脑的，能做到高度稳定的原因，就是把每一步都做好。”杨潇楠说。系统运行的稳定来自“消灭息肉小分队”的严格与踏实，一步没走好绝不迈下一步，就连决赛前“那几步”也是慎之又慎。“消灭息肉小分队”在七月初华中分赛区的国赛选拔赛晋级后，想要进一步完善他们的网络，来迎接八月的决赛。但在调试网络的过程中，敏感性、准确性等参数运行得都很好，唯独特异性出现了问题。杨潇楠老师提出问题是不是出在数据集上，而马燕和她的队友们则认为是其他原因，他们在解决方案上产生了分歧，有同学甚至还想放弃，问题的解决也因此陷入了僵局。可争吵归争吵，他们仍是一个集体，在接下来的半个月里，"消灭息肉小分队"在实验室里"扎下了根"，每天的工作就是打开网络，一行挨着一行仔细检查算法的编写，检查一遍后再反复排查，直到确定算法没有问题，才把问题的重心转移到数据集上来，最后发现问题出在了数据集的标注和验证上，并及时在决赛前修复了它。

谈到什么时间可以把这套系统投入生产时，团队成员却没有一个人能给出答案。"产品太遥远了，前面还不知道会有什么难题，我们现在只想把这套系统做成百分之百能用的东西。"杨潇楠说，"下一步我们想把这套系统投入医院小试，让它见识更多、更复杂的肠道环境，从中不断改进。"未来，"消灭息肉小分队"还要继续稳步前行，把他们的理想归于造福广大患者的实处。

（学生记者　茹兆龙　刘笑瑜　王润　撰稿）

师兄师弟摘桂冠 编程场上“郑”拼搏

——记 ACM-ICPC 大赛双金团队

11 月 10 日，ACM 国际大学生程序设计竞赛亚洲区域赛大赛(南昌站)落下帷幕。由郑州大学信息工程学院赵东明和吴云鹏老师指导的陈洋、黄中源和苏同组成的代表队，经过与清华大学、北京大学、浙江大学等 199 个高校 332 支队伍的激烈竞争，以代表队排名第九、学校排名第七的成绩强势夺得金牌，这是继银川站实现河南省高校金奖“零的突破”之后，再次将双金揽入麾下。

无缝配合　稳中取胜巧“制敌”

据悉，ACM 国际大学生程序设计竞赛(ACM-ICPC)经过 40 多年的发展，已经成为全球最具影响力的大学生程序设计竞赛之一。ACM 大赛 2019 年亚洲区域赛的第一站设在银川，有 400 支队伍参与竞赛；第二站设在南昌，有 332 支队伍同场竞技。每支队伍由 3 人组成，每队需要在规定的 5 小时内共用一台电脑解决复杂的实际编程问题，充分展示其创新能力、团队精神以及在高压条件下编写程序、分析和解决问题的能力。

谈及比赛心态，黄中源直言“很紧张”。赛场内，每支队伍破解题目的情况不仅会实时上传至评分系统和实时榜单，还会根据选手破解的题目数量在桌边插上相应数目的彩色气球。这种“赛事文化”也在无形中增添了比赛的紧张气氛。

比赛盛况

5 个小时大脑的高速运转和无缝配合是这支队伍取胜最重要的法宝。比赛过程中，他们遇到了一道棘手难题。原本在电脑前操作解题的队长陈洋陷入思维瓶颈，他果断打印下这道题目，换苏同"上阵"破解下一道题目，他和黄中源则共同商量解题思路，厘清思路后再次攻克难关，实现"一箭双雕"高效解题。

浓浓友情　艰苦训练"调味品"

这支金牌队伍中，3 人各有千秋，取长补短。队长陈洋最擅长将数学性强的算法编入代码中；参加过 20 场各类比赛的"老大哥"黄中源心态最稳、经验最多；从初三就接触编程的大一新生苏同功底深厚，综合实力最强。3 人组队默契十足，彼此不分年龄大小，以"老师""学长"亲昵称呼对方。队内氛围轻松，在黄中源自夸自己可以把一种名叫"强连通"的算法倒默下来后，两个队友便借此取了队名"队友倒写强连通"，英文队名"log when"寓意"老哥稳"。

虽然玩笑互捧不断，但队员们对比赛训练一丝不苟。熬夜敲代码、假期不休息早就成了家常便饭。由于存在时差，队员们常常要在夜里参加国际训练赛。比赛日里，黄中源索性在 ACM-ICPC 实验室里一坐就是一晚上。"熬得晚就干脆不睡。"黄中源笑着说。而苏同更是由于高中战绩傲人，在暑假被录取后就收到吴云鹏教练的通知，带着行李来到实验室为2019年的ACM-ICPC做准备。

3人在训练场上状态紧绷，但在私下，3人相处的方式是关怀与打趣共存。讨论题的解法时来自河南的陈洋和苏同总会爆出方言："这可不中呀!"而南方的黄中源在队友的"熏陶"下也会在热火朝天时说一两句河南话。苏同年龄小、睡眠质量差，队长陈洋总会在比赛前为他安排最合适的室友，或建议队友留他一人住。而3人的默契相处也使他们以最佳状态完成比赛。

专业"孕育" 双金队伍凯旋

郑州大学信息工程学院ACM-ICPC实验室于2005年成立，当年吴云鹏就是在赵东明老师的指导下参与该项赛事，他在郑州大学获得博士学位后，现在也成为实验室的指导老师，他说："我虽然身份变了，但是我对实验室炽热的心不会改变，现在实现了区域赛金牌'零'的突破，并且接连拿到第二块金牌，进军世界总决赛的希望还是很大的，我们要继续努力。"

赵东明老师介绍，实验室采用的是招新、现役、退役队员三者并存的模式，在原有3人组队的基础上招新，采用"学生导师团队"带新人进行训练和学习。9月面向全校招新后便进行程序设计的专题培训，相继参加多校联赛、训练赛等模拟比赛实战训练。并会在郑州大学每年12月的"学习竞赛月"进行大规模训练。ACM-ICPC大赛是对于逻辑策略和心理素质能力的综合考验，实验室会在"2天1赛"的基础上增加学生彼此出题环节，考验其随机应变能力。

正式ACM-ICPC大赛现场较为嘈杂，为了更好地适应比赛环境，郑州大学ACM-ICPC实验室在平常训练赛中也模拟正式比赛环境，让队员能够在最后的比赛中平稳发挥，不受环境影响。而为了使团队配合达到顶峰，这支队伍的3个成员从大一新生苏同一进校就被分配在一起进行磨合，大家各有所长，吴教练会在手机和计算机上对三人的比赛过程进行分析，在复盘演练中使其"长有所长，避其所短"。这支队伍最终得以取得"双金"与郑州大学的支持和老师的帮助分不开。

南昌站的比赛是郑州大学2019年在ACM-ICPC中国赛区的最后一站，但赵东明老师和吴云鹏教练一刻也不敢放松，他们带着队员们继续进行比赛复盘和加强训练。赵东明老师说："虽然郑州大学这次比赛成绩不错，但是希望我们实验室以后能出征的队伍不只有3个队，会有5～6个队，甚至8～9个队，能有越来越多的队伍拿到金奖。"

（学生记者　袁悦　撰稿）

拳拳之心助教育 殷殷之情育人才

——记数学与统计学院石东洋教授

2019年9月，数学与统计学院石东洋教授在郑州大学第35个教师节表彰大会上荣获“三育人”先进个人称号。会上，石东洋作为获奖教师代表发言，字里行间洋溢着真情实感，赢得了台下观众数次热烈掌声。

饮水思源，恩报母校

1980年，石东洋考入郑州大学数学系基础数学专业，后在西安交通大学获硕博学位，并经石钟慈院士推荐，于1997至1999年在日本东京工业大学机械系协调工学部进行博士后研究。学成归来的他义无反顾地选择回到母校，将所学所见所闻所感毫无保留地融入教书育人中，用自己的实际行动报答母校。

回忆过往，石东洋眼泛泪光，感慨万分。1984年，他本该满心欢喜，但10元路费却成了他继续深造的拦路虎，令他一时愁眉不展。时任校长的车得基教授在了解情况后，立即拿出100元，以郑大名义资助他顺利入学。正是怀着对母校的感恩之心，石东洋勤工俭学、奋发努力，不到半年就把钱还给了学校。

石东洋一直说，郑大是他数学梦开始的地方，正是在这里他一心钻研，教书育人，成为一名光荣的“郑大人”。他始终抱着这种“滴水之恩，涌泉相报”的信念，辛勤工作至今，始终无怨无悔。

钻坚研微，教学相长

科研和教学是高校教师工作的“两大马车”。科研项目的展开，是推动学科发展的直接动力。作为郑州大学计算数学的学科带头人，石东洋一直坚持教学与科研并进。他先后主持完成国家自然科学基金项目6项，省部级项目7项，获省优秀科技成果及论文奖16项，在国际权威杂志上发表论文140余篇，其论文于2017年入选“中国百篇最具影响国内学术论文”被评为“郑州大学2017年度最受关注的十大科研事件（自然科学）”之一。

虽然科研上取得了很大成绩，但石东洋坚持认为，教师的本职工作是教书育人，要以学生为本，站在教学第一线，全心全力地上好每一节课，以平等心对待科研，不能为了科研而科研。

因此，石东洋为本科生教授16门不同的课程，每周教学时长都在15课时以上，“两点一线”的教室办公室生活是他的真实轨迹。

付出总有回报，努力不会被辜负。截至目前，石东洋培养的学生里，在高校系统中就有17位教授、44位副教授。“孩子父母将他们送进学校，是希望他们能学有所成，为祖国输送源源不断的新鲜血液，对于学生取得的成绩，我十分骄傲。”石东洋笑着说道。

石东洋教授在授课

玉壶冰心，用爱浇灌

作为高校专职教师，石东洋坚守“教书育人”的本分，怀揣强烈的事业心和高度的责任感，按照教师行为规范严格要求自己，一举一动，都是学生学习的模范；一言一行，更是学生前行路上的指明灯。

“一生二，二生三，三生万物，数学的奥妙其实就蕴藏在生活点滴中。”课上，他总能把生活融入教学，让晦涩难懂的问题经过生动描绘鲜活起来，让数学走近学生，使原本枯燥的课堂充满欢声笑语。课下，他化身为学生的知心朋友，认真听取学生的疑惑与委屈。他总能推己及人，以学生的角度去分析和化解矛盾，从不刻板说教，让学生真正放下心结，投入学习中去。

育才和育人不可分割。学生的每一篇论文，石东洋都一字一句看，甚至连标点符号都不放过。翻开学生论文，处处可见密密麻麻的批注，可见教授的良苦用心。“数学论文必须严谨，论证步骤要符合逻辑，只有这样才能写好论文，做好学问。”

新起点新征程，石东洋对自己的未来充满信心。作为一名教师，他希望更严格地要求自己，上好每一门课，教好每一位学生，全身心地培养人才。作为一名科研工作者，他希望开阔视野，锐意进取，用实际行动回报学校和国家，做好郑大人、数学人，为学校一流大学建设做出自己应有的贡献。

（学生记者　黄坤一　撰稿）

仰之弥高 钻之弥坚

——记郑州大学第十届学生“我最喜爱的老师”代表药学院可钰老师

“一支粉笔，构筑出缤纷的药物结构。三尺讲台，描绘着多彩的药学世界。一日不辍勤于业，三尺讲台染风霜……她就是——药学院可钰老师。”当颁奖词响起，荣获郑州大学第十届学生“我最喜爱的老师”荣誉称号的药学院老师可钰走上颁奖台。

从2003年进入郑州大学化学系攻读博士研究生学位，到2006年留在药学院任教，可钰在郑大已走过17个春秋。目前，作为药学院副教授、硕士生导师，她主要从事药物化学、波谱分析以及药物化学实验等几个方面的教学和科研工作。在药学院，可钰同时承担研究生和本科生的教学工作，药学生的学习离不开理论和实验的结合，因此可钰常忙碌于课堂和实验室两个“阵地”。“我最喜爱的老师”荣誉称号代表了学生们对可钰的认可，而这些认可则来源于可钰十几年如一日的辛勤付出。

第十届学生“我最喜爱的老师”代表药学院可钰老师

热爱科研　药学世界构缤纷

“新药开发,从头到尾都是很困难的事情。”可钰说。而这件困难的事情可钰已经坚持了十几年,这离不开她对科研的热爱。

在读博阶段,可钰就开始了对冬凌草抗肿瘤方面的研究,加入了从20世纪90年代便开始研究项目的大课题组。可钰与大课题组的成员一起潜心于冬凌草化学成分的研究与开发,致力于开发具有自主产权的新型抗肿瘤药。同时,她参与了国家“三类新药”盐酸倍他洛尔、“六类药”盐酸倍他洛尔片的研究开发。

在可钰十几年的科研生涯中,“遇见困难,解决困难”成了家常便饭。令她印象最深的是,一次实验中突然发现缺失所需抗体,可钰联系多家公司都无果。为了将实验成功进行下去,他们只好购买原材料做出抗体。可钰说:“有时我为了等待实验结束,直到深夜才能回家。在科研的道路上,遇到问题和失败是正常的。”

新型抗肿瘤药研发的困难系数很大,早期她们在确证冬凌草的结构时,光是分离提取纯化的巨大工作量就花费了大量的时间,但他们没有望而却步,最终从1吨多冬凌草中提取出可供临床前研究的1公斤左右的单体。在不断提纯的几个月时间里,她们终于发现了含量较高、活性较好的单体,并把这些单体作为开发研究的目标。可钰希望有一天可以通过自己的努力研发出新型抗肿瘤药,造福癌症患者。

目前可钰已经在SCI、EI及核心期刊上发表《含脲砌块的4-氨基喹唑啉衍生物的设计、合成及抗肿瘤活性研究》等关于抗肿瘤活性、冬凌草等方面的学术论文十余篇,为可钰的团队研究打下了深厚的理论基础。可钰与她的团队还申请有“11,20-二羰基济源冬凌草甲素及其L-氨基酸-14-酯三氟乙酸盐”“一种腺苷钴胺晶型及其制备方法与应用”“新对映贝壳杉烯类二萜化合物及其衍生物、其制备方法和用途”等国内及国际专利。围绕抗肿瘤进行的研究是可钰与她的团队数年不变的坚持,这些专利推动了中国新型抗肿瘤药的研究发展,是抗肿瘤药品研究的有力推手。

因材施教　甘为孺子育英才

在实验室里，不仅有可钰与团队的研究项目，更有可钰对同学们的谆谆教导。可钰相信他们的专业能力和品格。对待各有特色的研究生，可钰说："有些学生心细，就会让他们自己去管理仪器，有些学生思想活跃，我会让他们去做实验设计。"可钰的因材施教充分发挥了同学们的特长，整个实验室的工作一直有条不紊地进行着。

当本科生主动联系她想要加入实验室学习时，可钰也乐于接纳，并对他们从最基础的实验操作教起，因为她相信尚处于本科阶段的同学们能通过坚持实验来提升自己的能力。她曾对学生说："希望我能成为大家的跳板，帮助大家走得更远。"

"老师非常平易近人，平时和我们交谈都是面带微笑，就像朋友一样，很有亲和力。"实验团队里的2017级学生郭芃昱这样形容可钰。科研道路不会一帆风顺，当学生们因为遇到困难唉声叹气时，可钰会不断激励大家一起去克服困难。她劝导学生做科研要耐得住寂寞、坐得起冷板凳，抄近路、走捷径在科研道路上是行不通的。

进无止境　一支粉笔写春秋

从初踏讲台的懵懂到后来的游刃有余，这期间离不开可钰持之以恒的努力。最初，化学专业毕业的可钰对药学方面的一些知识比较陌生，为了弥补自己在药学领域的不足，她会在讲课之前查文献、读书籍、做实验，两节课的内容，她会花费一周甚至更长的时间去准备。

可钰说，老师把知识传授给学生的时候，一定要把学生的想法放在心里，看学生需要什么，然后再去调整自己的教学。教学首先要自己学得深入，可钰说："药学学科的发展日新月异，要求老师们教学必须深入浅出，如果老师讲课不融会贯通的话，同学们是听不懂的。"

三人行，必有我师。可钰认为，教师的一个好处是随时都和学生在一起，自己的思想也可以不断得到活跃，能始终高度热情地投入教学与科研中。

“一日不辍勤于业，三尺讲台染风霜。”荣获“我最喜爱的老师”荣誉称号之后，可钰希望能够在科研上继续取得一些新进展，在教学上依旧和学生走在一起，做一位“仰之弥高，钻之弥坚”的老师。

（学生记者　赵心晔　孙浩颖　王怡颖　撰稿）

郑大学子返乡助农 连翘枝头创业花开

——记商学院优秀毕业生孙鑫

在三门峡灵宝市故县镇河西村的连翘基地内，药用连翘花竞相绽放，连成大片黄色花海，创收成果喜人。按照科学标准化技术进行估算，这片连翘亩产可达 400 公斤，亩产经济利润 1 万余元。这正是郑州大学 2008 级优秀毕业生孙鑫在大学毕业后致力于返乡助农，创立三门峡市大美连翘有限公司，为新型农业、乡村振兴贡献力量的重要见证。

孙鑫在连翘基地

惠农助农　反哺家乡

随着新型职业农民培育工程的深入推进，新型职业农民队伍不断壮大，逐渐成为深化农业农村供给侧结构性改革和引领现代化农业发展的中坚力量，为乡村振兴注入鲜活血液。

连翘作为三门峡市的特色中药材，具有地域特色，医用功效显著。家种连翘市场良好，无须施药、施肥、疏花疏果等流程，人工开发潜力大。然而在孙鑫的家乡，家种连翘缺口大，96%以上的连翘都是野生，种植粗放且结果率低。孙鑫“生于斯长于斯”，心里一直燃烧着对家乡的热爱和创业的激情，毕业后他放弃了高薪工作，毅然回乡创业。

提起为什么要放弃在城市的工作机会而选择返乡，孙鑫说：“我希望能用自己的实际行动，积极投身到祖国现代化建设中去，践行社会主义核心价值观，实现报效祖国、奉献社会的人生理想，并用自己上大学所学的知识报效家乡，带领乡亲们共同致富。”

孙鑫创立的三门峡市大美连翘有限公司，专门从事中药材连翘种植，现有面积350亩的连翘种植基地，并与河南大学、河南农业大学建立科研合作关系，与河南大学共建中药学硕士实践基地，销售范围已覆盖新疆维吾尔自治区和山西、陕西等省。

如今，孙鑫创立的公司已经带动附近农户种植连翘200余亩，改善了农业种植结构，为大幅提高土地附加值提供了新思路，为促进农民增产增收提供了新途径，并在指导贫困户种植连翘，为其提供免费苗种、技术指导和产品销售方面也有所贡献。

笃志创业　不惧艰难

万事开头难，仅凭一腔热血还不足以取得成功。“当时根本找不到一个像样的人工种植基地。”孙鑫回忆说。连翘种植情况特殊，几乎没有现成技术和经验可以参考，一切都要从头开始。为了研究掌握连翘的第一手资料，孙鑫独自爬过几十个山头观察野生连翘的生长情况，和家人在周边查看各个区域连翘的异同点，为更好地种植连翘积累了丰富经验。正是怀揣着这份激情和坚持，他在创业路上才能不断克服困难，坚持下来。

孙鑫的选择一开始并不被村民们认可。“他们认为我大学白上了，说我辛辛苦苦考大学，最后还是回农村。”孙鑫笑着说。后来他种植连翘，村民更不理解，纷纷议论这是“连翘种到地里只开花不结果，出洋相”。但是几年后，孙鑫种植的连翘不但开花结果，也产出了相当的经济效益，甚至带动了当地连翘种植业的发展。村民们对孙鑫的态度也发生了转变。

在孙鑫看来，他能够战胜创业困难，离不开家人的支持。孙鑫事业伊始，妻子王亚静便主动放弃城市里的工作，考取了故县镇政府公务员，来到丈夫的家乡陪同他一起奋斗。他们曾一同骑着摩托车调研野生连翘的生长情况，但由于山路崎岖，在陡坡处翻了车，两人都受了伤，直到现在，妻子王亚静的腿上还留有明显的疤痕。从那以后，孙鑫便下定决心：“一定要创业成功，我自己都无所谓，但要给我的家人一个交代。”

感恩母校　踏上新程

大学期间，孙鑫做过一些创业计划书，通过消费者评价来建立商户诚信和商品评价数据，以此作为消费者选择商户、商品的参考依据。但专攻于经济学的他并没有把目光局限于本专业的学习，出于对农业的兴趣，他经常去图书馆的杂志室阅览农业方面的资料，了解我国的农业发展现状。“这个经历对我选择农村创业，有很大的影响。现在每每想起在校的时光，心中总是美美的、暖暖的。我掌握了有效的学习方法，积累了丰富的知识储备，母校的学习经历是我人生最宝贵的财富。”孙鑫笑着说道。

对于未来，孙鑫信心满满。他认为，目前国内整体人工种植连翘数量较少，种植方式简单粗放，每年固定投入也不多。在这样的大环境下，他创建的三门峡市大美连翘有限公司具备了一定的核心竞争力。同时，连翘的药用价值高、市场需求量大，又有国家政策的大力支持，未来发展前景十分可观。

而今，孙鑫不但在创新创业上做出了突出成绩，还承担了更多的社会责任，获得了许多荣誉。他担任了灵宝市故县镇河西村监委会副主任，还曾当选为三门峡市第四届青联委员，先后获2017年故县镇优秀共产党员、2018年灵宝市青年五四奖章、2019年“河南省农村青年致富带头人”等荣誉称号。2016年至2017年他还连续参加了农业部、教育部、共青团组织的现代青年农场主培训计划。

孙鑫表示，下一步将根据连翘种植户发展情况，采用“公司+农户”的形式，实行统一技术指导、统一农资购买、统一对外出售，打造连翘品牌，降低连翘生产成本，提高连翘市场价格，更好地服务广大连翘种植户。“我的目标是打造全国连翘产业中心和研究高地，建成全国连翘育种中心和集散中心，在连翘行业独树一帜，希望能为家乡人民做出更大的贡献，也能用自己的能力回馈母校。”孙鑫说道。

（学生记者 高源璞 田馨茹 撰稿）

脚下沾满泥土
心中沉淀真情

——记驻村"第一团支部书记"陈宏业

回顾 2019 年 1 月 15 日的那一天，省派驻村第一团支书陈宏业仍觉得意义非凡。那是他来到卢氏县文峪乡南石桥村，开启为期两年驻村工作的日子。

"今天南石桥村又多了一员，作为团支部书记，我希望自己能扎根这里，克服困难，充分发挥主观能动性，为加强团组织建设、助力脱贫攻坚、服务人民群众贡献力量。"在陈宏业的《驻村工作汇》里，他这样写道。

陈宏业开展团支部工作

南石桥村现有6个自然村9个居民组,农业人口436户1626人,全村贫困人口170户661人,是省定的贫困村。2019年度,经过各方的努力,南石桥村脱贫11户41人,贫困发生率降至1.12%,已整体退出贫困村。在这一年里,陈宏业兢兢业业、踏踏实实地履行着作为"第一团支部书记"的责任和使命,让这个山清水秀的村庄迎来了崭新的模样。

艰难中探索,"要做好'左右手'和'推车人'"

从前,陈宏业只是郑州大学的一名基层团委书记兼辅导员,从事共青团和学生思想政治教育工作。现在,他又多了一个身份——派驻三门峡市卢氏县文峪乡南石桥村的第一团支书。陈宏业坦言:"家里孩子还小,单位工作也忙,两边兼顾,工作量更大,责任更重,一开始我是犹豫的。"但在全国扶贫大背景下,怀揣着年轻人的责任和担当,他还是走上了助力扶贫攻坚的曲折道路。

尽管前期进行了相关培训与学习,但是,到了南石桥村,陈宏业还是发现工作难度超出想象。脱贫攻坚是一块难啃的骨头,需要"挥洒青春向热土,勤勤恳恳行耕耘"。围绕"第一团支书"的定位,履行"左右手"与"推车人"的职责,陈宏业与他的团队逐步开展加强基层团组织建设、助力乡村振兴与服务人民群众三项重点工作。

陈宏业在扶贫一线

南石桥村的贫困是第一只"拦路虎"。作为省定贫困村,该村贫困户多,虽基本生活有一定保障,但村民生活仍收入甚微。农户赵家令陈宏业印象深刻:妻子精神有障碍,父母年迈,孩子尚幼,老赵不识字无法外出务工,只能到县城打零工养活家庭。最初，赵家住在山顶，日常水电不通，在大家帮助下，赵家才在半山腰安家落户，日子一天天得到改善。而赵家只是南石桥村的一个缩影，该村的脱贫攻坚路道阻且长。

“没有组织，没有阵地，没有队伍。”如何凝聚青年、发挥作用、助力家园建设与发展，成为陈宏业驻村工作的一大挑战。不同于校园里组织健全、队伍齐整、活动载体丰富，村里没有团组织概念，青年多外出求学务工，政治关系淡忘，难以凝聚。连续5天，陈宏业带领着郑州大学卢氏籍的12名在校大学生，赴村开展“团情走访调研”寒假社会实践活动，调查了近300户家庭，初步建立起四类青少年档案。但如何建立青年归属感、解决实际问题、吸引青年返乡、带动乡村产业发展，是陈宏业的又一牵挂。

踏实中向前，“樱桃好吃树难栽，驻村路上要勤奋”

习近平总书记指出：幸福不会从天降，好日子是干出来的。参观兴贤里社区和社区里的产业扶贫基地时，县委书记王清华的一句“全县没有与脱贫无关的事”让陈宏业备受感动和鼓舞。他也深知：第一团支书的工作，急不得，慌不得，需要循序渐进，扎实推进，认真落实。容易开展的，要积极主动；有困难的，要设法解决。一点点往前推，一步步向前走，必然会有所收获。

从驻村开始，陈宏业的周末与寒暑假大部分时间都奉献给了南石桥村。回忆起驻村的第一天，陈宏业记忆犹新。当天晚上乘坐十点多的高铁去三门峡做报告，上午结束下午赶回村里处理事务，晚上又乘着最后一班车连夜赶回学校。“看到村民的生活，孩子们渴望求学的眼神，我明白他们需要我们给予更多的关爱和帮助。”这也让陈宏业连轴转的生活在村民的期盼中变得值得。

有时为了协调对接专项社会实践团队工作，陈宏业一天要接打电话近400分钟，嗓子彻底说哑了。“实践团队来了准备做什么工作？”“我们村有这样的需求，有没有合适的社会实践团队？”“我们怎么去呢？吃住怎么安排呢？”点点滴滴，尽善尽美，他无不操心……

“帮扶群众，首先要走进群众，认识群众。”随着第一书记、驻村工作队与社会实践队员的一起入户，以及陈宏业通过微信群交流沟通，使得走村入户工作开展得如火如荼。他一直都坚信，紧密联系群众，关心群众疾苦，帮助群众解决小事实事，是开展各项工作的重要法宝；多去群众家里聊聊天、拉拉家常，帮着做些力所能及事，都是联系群众的好方式好途径。

最终，在各方的努力下，该村的团组织阵地建设取得了重要突破，逐步建立了团组织阵地和青年之家，把青年一个个聚拢，把团的工作一件一件干实。从 2019 年 1 月驻村，3 月份酝酿、4 月份腾屋子、5 月份布置背景、6 月份寻求支持、7 月份购买物品，到 8 月份该村终于有了自己的阵地。“青年之家”的建设为当地留守儿童提供了进行阅读学习、观影娱乐、安全普及等活动的场所，也给村民们带来了更丰富多彩的文化生活，受到了广大群众的欢迎，陈宏业也从中体会到了为村民做点滴小事的满足和幸福。

携手中并进，“不要怕，我身后有一个强大的团队”

目标是前行的灯塔。短期目标，该村要在 2019 年实现全部脱贫；长期目标，要真正竖起团支部的旗帜，凝聚青年。通过驻村工作，陈宏业对国家的扶贫攻坚战略有了更深的认识与更切身的体会，也有了更强的责任与担当，真心实意、扎扎实实为村民做实事。“保证驻村时间，认真开展落实……加强自我学习，不断提高本领。”陈宏业为自己制定了一个驻村工作准则，时常鞭策自己砥砺前行。

在帮助驻村第一书记刘备整理贫困户的档案的过程中，陈宏业学会了细致严谨；在驻村工作队员余娜的指点帮助下，陈宏业工作事半功倍；在驻村工作队长张德虎日常的嘘寒问暖中，陈宏业体会到了家人般的温暖关怀；在协同郑大学子赴村走访调研中，陈宏业感受到了青年的使命担当……对于陈宏业来说，扶贫路上亦师亦友，每个人都让人敬佩，值得学习。

一年来，到南石桥村开展帮扶活动的学校领导和有关单位累计 12 批次，捐助钱款物资 6 万余元，开展消费扶贫购买农副产品达 5 万元，为南石桥村顺利脱贫注入了强大的力量。

“驻村的两年就是奉献和服务的两年，把自己当作村民，用心体会，用心感受，用心付出。脚下沾满泥土,心中沉淀真情,在第一团支书的道路上,我将不懈奋斗。”陈宏业坚定地说道。在他的工作日志中这样写道:新食堂建起来了、团组织的旗帜扬起了、产业发展起来了。字里行间记录着村庄的变化,洋溢着无法言说的喜悦。

(学生记者　徐杭艳　撰稿)

后记

参加本书起草和修改的有：刘乐乐、崔国玉、赵晨琰、崔馨戈、滕文强、冯雪、何鑫雨、黄坤一、王攀、虞仪、王德昕、杨京琪、许珮珺、吕舜、许何樱子、白宸硕、田鑫宇、董帆、冯雪、马青越、赵心晔、王昕宇、徐杭艳、潘欣奕、王润、谭菁琳、樊宇浩、高源璞、李萌如、赵晨琰、刘海慧子、杨京琪、高雨琪、徐大光、茹兆龙、刘笑瑜、袁悦、孙浩颖 、王怡颖、田馨茹等同志。

厉励、赵炜、杨明同志参加了本书的筹划、起草、修改和统稿工作。

编者

2020 年 5 月